Charlotte Dorothea Karr

Gebranntes Kind
verlässt das Feuer

Eine Erzählung

Copyright: © 2018: Charlotte Dorothea Karr
Umschlag & Satz: Sabine Abels – www.e-book-erstellung.de

Verlag und Druck:
tredition GmbH
Halenreie 40-44
22359 Hamburg

Bibliografische Information der Deutschen Nationalbibliothek:
Die Deutsche Nationalbibliothek verzeichnet diese Publikation in der Deutschen Nationalbibliografie; detaillierte bibliografische Daten sind im Internet über http://dnb.d-nb.de abrufbar.

Für meine Eltern

Dass man im Guten und Bösen dem Wirklichen
die Treue halten muss,
darauf läuft doch alle Wahrheitsliebe hinaus und
alle Dankbarkeit dafür, dass man überhaupt geboren wurde.

Hanna Arendt, 1965

Inhalt

Ein Umzug

Meine Eltern hatten es geschafft: Sie verließen den dunklen, unaufgeregten Schwarzwald, um in der neuen Bundeshauptstadt Bonn am Rhein in den Beamtenadel gehoben zu werden.

Geboren 1927 und 1928 erlebten sie ihre Jugendzeit im Zweiten Weltkrieg abseits der Fronten und der zerstörten Städte im beschaulichen Schwarzwald. Mein Vater ein junger, begabter Jurastudent aus einer angesehenen Verlegerfamilie in Villingen; meine Mutter Tochter aus einfacheren Verhältnissen, doch klug, selbstbewusst und ehrgeizig. Sie war es, die als zweifache Mutter meinen Vater überredete sich als Konstanzer Richter auf einen Ministerialratsposten in Bonn zu bewerben.

Nun ja, warum nicht, mein Vater hatte nichts zu verlieren. Hatte er doch für sich alles erreicht, was für einen im Schwarzwald geborenen das Höchste zu sein schien: Richter in einer Stadt, die der schweizer Welt zugewandt war und offen stand: Konstanz!

Die Bewerbung hatte Erfolg. Mein Vater wurde 1961 hoher Staatsbeamter im Ministerium für Forschung und Technologie. Das Leben in der gehobenen Bonner Beamtengesellschaft gefiel meiner Mutter. Es gab Empfänge, Vorträge, Gesellschaften, wie die neugegründete Deutsch-Französische Gesellschaft, der man beitrat. Dort traf man wichtige Politiker wie Horst Ehmke, Egon Bahr und auch Hans-Friedrich Genscher, man sprach nicht über sie, man sprach direkt mit ihnen. Es war die Regierungszeit von Kiesinger. Auf den Familienfeiern im Schwarzwald konnte davon erzählt werden.

In dieser Zeit bekam meine Mutter noch drei weitere Töchter, insgesamt waren es dann fünf. Ein Haus wurde gebaut, alles lief gut. Meine Mutter war stolz, mein Vater in Arbeit vergraben und häufig auf Dienstreisen im Ausland.

Doch irgendwann wurde die Arbeitsbelastung zu hoch. Mein Vater, ein Perfektionist, der von sich alles abverlangte, was er leisten konnte und sich damit überforderte: sein Körper reagierte mit Gallensteinen. Die Therapie war damals eine Operation, bei der die Galle entfernt wurde. Im Jahre 1966 noch kein Routineeingriff. Doch mein Vater war noch relativ jung als Neunundreißigjähriger und alle sahen der Operation gelassen und mit viel Gottvertrauen entgegen. Die Operation verlief auch erwartungsgemäß, doch was dann geschah, folgte keiner medizinischen Logik mehr. Ungefähr eine Woche nach dem Eingriff versagten auf einen Schlag, von einem Moment auf den anderen beide Nieren. Dieses Versagen hätte normalerweise in der damaligen Zeit innerhalb von 48 Stunden zum Tode geführt, doch die Ärzte reagierten schnell und schlossen meinen Vater an das bis dahin einzige Dialyse-Gerät in Bonn an. Dieses Gerät war aber damals noch nicht ausgereift und galt nur als Übergangstherapiemöglichkeit bis die eigentliche Ursache und damit eine Therapie gefunden wurde. Meinem Vater ging es immer schlechter. Die Ärzte standen vor einem Rätsel, sie konnten keine medizinische Erklärung finden und somit auch keine Therapie. So ging es immer weiter bergab mit ihm. Irgendwann sollten wir uns alle von ihm verabschieden. Ich war damals drei Jahre alt. Das ganze Drama bis zu diesem Augenblick hatte ich als aufgewecktes, neugieriges Kleinkind widerstandslos mitgemacht: wir wurden mal zu den Großeltern in den Schwarzwald gebracht, mal wurden wir auch plötzlich mitten in der Nacht zur Nachbarin verlegt und mussten dort weiterschlafen. Häufig waren die bereits älteren Töchter einer Bekannten meiner Mutter bei uns und brachten uns ins Bett. Warum das alles geschah wurde uns nicht erklärt. Wir hatten mitzumachen und bitte keine Sperenzchen.
Wider Erwarten ging das ganze noch mal gut aus. Mein Vater überlebte, weil meine Mutter einem ungeprüften Medikament zustimm-

te, das der Chefarzt als letzte Möglichkeit sah, das Leben meines Vaters zu retten. Es funktionierte, beide Nieren sprangen wieder an, wie auf Knopfdruck. So erzählte es mein Vater später immer wieder staunend oder sollte ich sagen, vielsagend. Mein Vater sprach nie von einem Wunder, von einer wundersamen Heilung, im Gegenteil, er verbat uns mit anderen über seine Erkrankung und Heilung zu sprechen. Seine Erkrankung, der dann ein halbes Jahr später noch eine Gehirnembolie folgte, die sein Sprachzentrum zerstörte, wurde zu einem großen Tabu in unserer Familie. Alles sollte so weiter gehen wie bisher. Wie sollte das gehen, wenn ein Vater als sprachlos gewordenes Wrack nach Hause kommt?

Das ging, weil mein Vater seinen Posten als Ministerialrat behielt. Die hohen Bezüge liefen weiter, er fuhr täglich in sein Büro, ohne dass seine Arbeitskraft in Anspruch genommen wurde, die ja auch nicht mehr vorhanden war, nachdem er nach dem Sprachverlust mit unendlicher Mühe die Sprechtechnik wieder erlernt hatte.
Aber warum durften wir Töchter nach dem Abitur alles studieren außer Jura? Dieses Studienfach verbot uns unser Vater rigoros. Er nannte uns dafür nur sehr oberflächliche Gründe, wie zum Beispiel: Recht und Gerechtigkeit haben nichts miteinander zu tun.
Wir wurden groß mit diesem seltsamen Umgang mit der Krankengeschichte meines Vaters.
»Die Ärzte konnten sich das Nierenversagen einfach nicht erklären. Und dann sprangen die Nieren einfach wieder an.«
Das waren die einzigen Sätze, die Vater ab und zu, wenn er melancholisch wurde, dazu sagte.

Etwas mehr sagten uns unsere Verwandten fünf Jahre nach dem Tod meines Vaters auf der Beerdigung meiner Mutter. Da schien der Zeitpunkt gekommen zu sein, uns erwachsen gewordenen Kindern des verstorbenen Ehepaares, das so hoch hinaus wollte, die mutmaßliche Wahrheit zu sagen:

Mein Vater arbeitete als Jurist im Ministerium für Forschung und Technologie. Es war die Zeit, in der die Atomkraftwerke im Zentrum der Öffentlichkeit standen. Die Regierung befürwortete den Ausbau weiterer AKWs, doch erhielt sie dafür massiven Gegenwind aus der Öffentlichkeit und auch aus den politischen Reihen. Mein Vater was als Beamter völlig neutral, er war weder für noch gegen diese Politik; aber er war für eine korrekte Begutachtung. Dass es juristisch nichts zu beanstanden gab für das Gutachten zum Bau des AKW Mülheim-Kärlich oblag seiner Verantwortung. Unsere Verwandten erklärten uns, dieses Gutachten wäre für ihn nicht in Ordnung gewesen. Er hätte es einfach nicht durchgewunken. Und aus irgendeinem Grunde hätte es wohl Zeitdruck gegeben. Da kam die Erkrankung meines Vaters grade recht. Er wäre regelrecht ausgeschaltet worden mit Gift, das ihm nach der Operation verabreicht worden war. Warum hätten die Nieren versagen und dann mit dem Gegengift wieder anspringen können? Mein Vater hätte die Politik behindert, gestört und sollte weg. Dass er überlebt hatte, wäre nicht geplant gewesen, da hatte er einfach riesiges Glück gehabt, beziehungsweise einen sehr guten Arzt. Aber deshalb auch das Schweigen, das Tabu in der Familie. Das Thema sollte aus der Welt verschwinden. Es war halt Pech, was meinem Vater widerfahren war. Ein guter Mann, dem das Schicksal wenig Gutes schenkte. Das sah aber mein Vater anders. Nach der Beerdigung meiner Mutter wurde uns die fadenscheinige Begründung meines Vaters hinsichtlich des Jura-Verbots nachvollziehbarer. Mein Vater hatte sich nicht als Opfer des Schicksals gesehen, er war ein Opfer seiner Regierung geworden, für die er alles getan hatte, was er als Jurist konnte. Doch das war gar nicht erwünscht gewesen. Seine Rechtsauffassung störte, er sollte mundtot gemacht werden, nachdem wohl klar wurde, dass er sich nicht verbiegen ließ. In dieser Hinsicht war das Attentat ein Erfolg. Seine Sprachkompetenz und somit seine juristische Bedeutung hatte er verloren, aber er hatte überlebt. Deshalb musste alles vertuscht werden; deshalb die Beibehaltung seines Büros. Es gibt tatsächlich noch einen Brief von dem damaligen zuständigen Minister Stoltenberg, der meiner Mutter alle Unterstützung zusagte und ihr erklärte, dass eine siebenköpfige Familie nicht unter dem Schicksal des Familienvaters leiden sollte und deshalb mein Vater seine Bezüge und sein Büro behalten dürfe. War das ein Friedensangebot, damit meine Mutter still und dankbar bliebe? Sie wurde still, fügte sich ihrem Schicksal, das Bonner Parkett zu verlassen und Oberhaupt einer Familie zu werden, die von da ab aus fünf Töchtern und einem weiteren »Kind« bestehen sollte. *Wenn du dich auf andere verlässt, dann bist du selbst verlassen.* Das wurde ihr Leitspruch in ihrem dunkel gewordenen, dann auch unaufgeregten Leben.

Der Schwarzwald war im Rheinland angekommen.

Besondere Umstände

Wenn diese Geschichte stimmt, so wie sie zu lesen ist, dann drängt sich die Frage auf, wie hat diese Familie weiter gelebt oder sollte man sagen, weiter funktioniert? Wie soll man sich das vorstellen, dass ein hoher Beamter tagtäglich seine Dienststelle betritt und keinen Auftrag mehr erfüllen kann, den er vor seiner Erkrankung mit großer Brillanz erledigen hätte können. Wie geht das, ohne dass dieser Mensch frustriert, resigniert, vielleicht dem Alkohol zugesprochen oder sonst ein Ventil für sich entdeckt hätte, um seine mehr als enttäuschende Lage zu ertragen. Ein erfolgreicher Familienvater, der drei Sprachen fließend beherrscht hatte, brachte kaum die einfachsten Sätze hervor. Und sollte doch für weitere zwanzig lange Jahre seinen Posten als Jurist im Ministerium besetzen. Mit was hatte er sich beschäftigt, wenn er offiziell keinen Arbeitsauftrag mehr erhalten hatte? Er studierte die Presse, las mehr als fünf Tageszeitungen am Tag und unterbrach diese Leseanstrengung, denn eine Riesenanstrengung war es für ihn, mit Schachspielen. So verbrachte er seine Bürotage, im Wechsel von Lesen und Schachspielen, – 20 lange Jahre.

Wie alt waren seine Kinder, als das Schicksal sich für ihn wendete? Die älteste, Maria, war zehn Jahre alt, Christine war gerade acht Jahre geworden. Die Zwillinge Margarete und Theresia waren vier Jahre alt und die jüngste Tochter, Susanne, drei Jahre. Diese Kinder schafften es, eine an die gesellschaftlichen Ansprüche angepasste Kindheit zu durchleben, bis auf eine. Die Jüngste machte Probleme. Lief wiederholt von zu Hause weg, nicht weil sie Angst vor etwas Bestimmten hatte. Ihr drohten keine Schläge, keine Bestrafungen. Der Vater war sanftmütig geworden, die Mutter wusste um die Kraft ihres Augenausdrucks. Sie regierte ihre Töchter mit ihrer Mimik.

Nein, die kleine Susanne wollte weg, weil sie Schöneres erleben wollte, entspannte Verhältnisse finden, Gemütlichkeit und Freude. Als Fünfjährige nahm sie ihre ein Jahr ältere Schwester an die Hand und machte einen sehr, sehr weiten Spaziergang. Es trieb sie von zu Hause weg, irgendwohin, wo nicht nur Lebenswille, sondern auch Lebensfreude war. Der Briefträger fand die beiden in einem anderen Stadtteil und wunderte sich, warum die zwei kleinen Mädchen der Familie Moser dort herumliefen. Er brachte sie kurzer Hand zurück. Ihr Verschwinden war noch nicht einmal bemerkt worden. Das registrierte Susanne sehr wohl. Die Mutter war immer so beschäftigt, hatte nie Zeit, außer beim Einkaufen. Dann ging sie mit ihren Töchtern oder mit derjenigen, die sie gerade begleitete in die Buchhandlung und vergaß die Zeit. Den Töchtern war das recht. So hatten auch sie Zeit und Muße sich ein Buch herauszusuchen, das die Mutter ihnen dann kaufte. Das waren die schönen Momente mit der Mutter zusammen. Und mit dem Vater? Für die Kinder gab es nur anstrengende Zusammentreffen mit ihm. Er war immer schnell müde, konnte nur unter Anstrengung sprechen, verstand häufig nicht, was die Kinder sagten. Denn es musste sehr langsam und deutlich gesprochen werden. Häufig erkannte er auch die einfachsten Wörter nicht. Dann half die Mutter aus. Sie war seine Sprechlehrerin. Die Logopädie steckte noch in ihren Kinderschuhen und so war der Tag meiner Mutter rund um den Vater organisiert, der zunächst nach der Gehirnembolie als Vollinvalide aus der Reha-Maßnahme zurück in die Familie kam. Jede der Töchter musste ihren Weg finden, wie sie mit dem anwesenden, aber nicht zugänglichen Vater und der anwesenden, aber ständig arbeitenden Mutter umgingen, wie sie sich ihre Wünsche nach Zuwendung, nach Knuddeln, nach Spielen, nach gemeinsamen Aktionen, und auch nach Auseinandersetzung mit den Eltern erfüllen konnten. Und gleichzeitig musste die Mutter einen Weg finden, den Ansprüchen, die alle an sie stellten, gerecht zu werden. War das überhaupt möglich gewesen? Konnte sie ihnen allen gerecht werden? Nach außen hin eindeutig ja! Frau Moser leistete Übermenschliches. Es war nicht unbemerkt geblieben in der Nachbarschaft, dass der Vater schwer krank geworden war. Die Menschen in der kleinen Stadt nahmen Anteil. Der Ortspfarrer kam vorbei und stellte ganz praktisch die Frage, ob Geld nötig wäre. Sicherlich war er überrascht, als Frau Moser das Verneinen konnte. Die Hinfälligkeit des Vaters war anfangs nicht zu übersehen. Doch auch die Genesung blieb nicht verborgen. Da es zu dieser Zeit noch nicht so viele therapeutische Berufe, wie Ergotherapeuten oder Logopäden – bestenfalls Krankengymnastik – gab, wurde allen klar, dass Frau Moser ihrem Mann sehr viel Unterstützung geben musste, damit er wieder arbeitsfähig werden konnte. Denn nach einem Jahr fuhr er schon wieder jeden Tag in sein Ministerium. Das wurde von allen bewundernd registriert. Ja, die Familie Moser war eine besondere Familie. Starke Eltern und fünf wohlgeratene Töchter, die das Gymnasium besuchten. Da war, trotz des Unglücks, noch mal alles gut gegangen. Die eingangs gestellte Frage, ob die Mutter allen gerecht geworden war, sollte mit dem Blick auf die inneren Familienverhältnisse beantwortet werden, denn da gab es ein Problem, das Problemkind Susanne. Dieses Kind wollte einfach nicht so sprechen, wie normale Kinder es eben tun. Von Anfang an nicht. Als es mit drei Jahren beginnen sollte zu sprechen, verlor der Vater seine Sprache. Nun, der Zusammenhang war der klugen Mutter sicherlich klar. Also wird das Problem sich wieder verlieren, wenn der Vater auch wieder sprechen können wird. So kümmerte es keinen, dass Susanne häufig das Sprechen abbrach, ihr die Worte im Hals stecken blieben, sie einfach stumm blieb, obwohl sie hätte antworten können. Später dann in der Schule wurden die Lehrer, wenn diese die Eltern auf das auffällige Sprechverhalten der Tochter hinwiesen, damit vertröstet, dass der Onkel auch anfangs nicht gut sprechen konnte und doch ein Pfarrer wurde, der frei von der Kanzel predigte. Das funktionierte als Beruhigung. Doch das Kind litt. Ihr war nicht klar, warum sie nicht so sprechen konnte, wie sie es gerne täte. Wenn sie sich über ihre sprachlichen Einschränkungen beklagte, interessierte es einfach niemanden. Bestenfalls wurde sie vertröstet. Es würde schon werden, warum Aufhebens darum machen. Die Eltern hatten zu viel andere Sorgen. Ja, welche denn, aus Sicht des Kindes? Dem Vater ging es doch wieder gut. Sonntagsausflüge wurden gemacht: Die gesamte Familie fuhr mit dem alle zwei Jahre ausgewechselten Neuwagen zu irgendwelchen imposanten Kirchen; Speyer, Worms, Limburg, Maria Laach und der Kölner Dom, der durfte nicht fehlen. Auf einem dieser Ausflüge in Limburg brach sich die siebenjährige Susanne das Bein, als diese übermütig die letzten fünf Stufen einer alten Burgsteintreppe in einem Sprung überwinden wollte. Der Sprung und somit der gesamte Familienausflug endeten im Krankenhaus. Als der Arzt im Beisein der Eltern, den Fuß des Kindes bewegte und dabei fragte, ob das wehtäte, erwiderte Susanne selbstbewusst: »Und wie!« Die Mutter stand ihr gegenüber und blickte sie mit zornig funkelnden Blick kopfschüttelnd an. Ja aber, wenn es doch so weh tut, dachte Susanne trotzig und presste dabei die Lippen fest zusammen. Der Arzt warf dem Kind einen Blick zu und zwinkerte dabei mit einem Auge. Wenigstens der Arzt zeigte dem Kind mehr Verständnis als die Mutter. Immer musste dieses Kind auffallen. Die vier anderen waren lieb, nur dieses Kind machte immer Probleme, forderte immer Aufmerksamkeit. Das lief der Grundmaxime dieser Familie zuwider: Du sollst nicht stören. Versorgt, aber nicht umsorgt; angenommen, aber geliebt? Dieses Kind, das nach dreizehn Monaten nach der Zwillingsgeburt das Licht der Welt erblickte. War es nicht dieses – ja, zu viel des Guten? Musste diese Schwangerschaft wirklich sein? Gab es neben katholischer Pflichterfüllung und Trieb nicht auch noch Sinn und Verstand? So dachte die heranwachsende Susanne, die irgendwann ihren Eltern bitterlich vorwarf, sie überhaupt gezeugt zu haben. Diesen Vorwurf behielt sie für sich, formulierte sie natürlich nie laut. Als sie ihre Mutter in einer günstigen Stunde einmal darauf ansprach, wie das für sie gewesen war, die schnelle Schwangerschaft nach der Zwillingsgeburt, erhielt sie die recht vage Auskunft: »Ja, weißt du, damals war jedes Kind noch ein Gottesgeschenk!« Das verstand Susanne im Jahre 1980 als Seitenhieb auf den damals viel diskutierten Paragrafen 218, das Gesetz, das den Schwangerschaftsabbruch regelte. Über dieses heiße Thema traute sich Susanne nicht mit ihrer Mutter zu diskutieren. Denn zu deren katholischer Auffassung, Verhütung oder Abtreibung sei gegen Gottes Wille, konnte kein anderes Argument bestehen. Aber konnte Susanne mit ihrem Vater diskutieren? Welchen Einfluss hatte Herr Moser nach seiner Erkrankung auf seine Töchter? Wie verarbeitete er für sich seine dramatische Lebenswende? Es war ein langsames Herantasten an die ihn umgebende Welt. Ausgemergelt, geschwächt, ohne Sprache, ja fast wie ein Kriegsheimkehrer tauchte er für die Kinder unverhofft wieder auf. Er hatte fast alles verloren, obwohl ihm die Familie geblieben war, aber er hatte den Kontakt, das Kommunikationsmittel – die Sprache – verloren. Es begann eine Stunde Null mit seiner Heimkehr.

Der fremde Vater

Als Vater war er nicht mehr heimgekommen. Ein Fremder, der geschont werden musste, der unglaublich viel schlief und abends mit der Mutter am Esszimmertisch Worte stammelte. Die Mutter unternahm Versuche, die Kinder in den Wiederaufbauprozess des Vaters zu integrieren. Susanne nörgelte mal wieder herum, die kleine Fünfjährige wollte beschäftigt werden. »Ich will Eisessen, Eisessen gehen, ich will, ich will!«, schmetterte sie ihrer Mutter rücksichtslos an einem Sonntagnachmittag in der Küche entgegen. Dem Vater ging es überraschend gut an diesem Tag. Ja also, warum nicht. Nicht der Vater sollte das Kind begleiten und führen, nein, das fünfjährige Kind sollte den Vater mitnehmen, ein kleiner Spaziergang könnte aufbauend wirken. »Gut Kind, dann geh mit Papa, und wenn er umkippt, bist du ja dann da, um zu helfen.« Jetzt war Susanne hin- und hergerissen: Sollte sie sich über die Aussicht eines Eisbechers freuen, oder sollte sie besser darauf verzichten, weil helfen konnte sie diesem großen, kranken Mann beim besten Willen nicht. Vielleicht spürte der Vater die Überforderung, die die Mutter der Tochter zumutete. Er war es dann, der die Situation auflöste und erklärte, dass er sich doch besser hinlegen wollte, er traute sich das doch noch nicht zu. Susanne war so erleichtert, dass sie darüber ihren Wunsch nach Eis völlig vergessen hatte. Aufatmend drehte sie ab und verschwand im Spielzimmer. Einige Zeit später bekam Susanne wieder Ärger, obwohl sie es nur gut meinte und dem Vater helfen wollte. Nach dem Vorfall mit dem Eisessen trainierte der Vater seinen Körper auf Spaziergängen. Recht schnell war er so weit, dass er die jüngste Tochter vom Kindergarten abholen konnte. Susanne liebte es abgeholt zu werden, auch wenn der Heimweg mit dem Vater mühsam und langweilig war. Der Vater konnte zwar fragen, wie es im Kindergarten war, aber es kam mühsam, mit großen Pausen und für die Aufnahme und Reaktion seines Kindes war er dann wieder zu erschöpft. Das Gespräch wurde wieder beendet, bevor Susanne ins Erzählen kam. Aber immerhin. Er hielt ihre Hand und sie gingen ganz langsam und vorsichtig nach Hause.

An einem Nachmittag wartete Susanne länger als sonst auf ihren Vater. Die anderen Kinder waren schon fast alle abgeholt worden und Susanne überlegte sich, ob der Vater vielleicht heute zu krank war, um zu kommen. Die Mutter hatte sicherlich vergessen Bescheid zu geben. Tatkräftig, wie die Kleine war, machte sie sich kurzerhand selbstständig auf den Heimweg. Sie war mächtig stolz auf sich, als sie ganz alleine, fast wie eine Große, den 1,5 km langen Weg quer durch die Stadt geschafft hatte. Doch die Mutter empfing sie zornig. Warum sie denn alleine losgezogen wäre, hätte sie nicht noch warten können. Der Vater wäre völlig umsonst aufgebrochen und hätte sich riesig aufgeregt, weil sie nicht mehr im Kindergarten gewesen wäre. Kein Mensch hätte gewusst, wo sie abgeblieben war. Wo sie denn geblieben wäre? Der Vater wäre schon wieder zurück. So ginge das einfach nicht. Der Vater wäre an die Grenzen seiner Kraft gekommen und müsste wieder geschont werden. Sie sollte jetzt um Gottes Willen nicht noch mehr Ärger machen.

Das Kind trottete bekümmert und weinend in das Zimmer, das sie mit einer Schwester teilte. Aber Margarete ging es auch nicht viel besser. Sie saß auch mal wieder schlecht gelaunt und sauertöpfisch auf ihrem Bett und zerknüllte ihren Zeichenblock. Beide Schwestern in einem Zimmer vereint, plagte jeweils ein ähnlicher Schmerz, ohne dass sie darüber sprechen konnten. Es war beiden klar, sie hatten was falsch gemacht. Die Mutter war deswegen aufgebracht und dem Vater ging es wieder schlecht. Am besten man machte eben gar nichts, bliebe in Deckung, wartete, bis aller Sturm vorübergezogen war und dann würde es irgendwie weitergehen. Und heul' jetzt bloß nicht rum, das hilft auch nicht weiter. Jede kämpfte auf ihre Weise, ganz für sich um ihr emotionales Überleben.

Herr Moser kämpfte auch, einmal um seinen physischen Körper, aber auch um seine psychische Gesundheit. Wie sollte er es schaffen, nicht zu verzweifeln, seiner Frau nicht noch mehr Bürde zu sein, seiner Familie nicht noch mehr zur Last zu fallen; selber den Lebensmut, die Lebensfreude wieder zu erlangen? Er wollte den Auftrag erfüllen, die hohen Bezüge zu sichern, in dem er das Angebot seines Ministers annahm und jeden Tag vorgab, seinen Posten als Ministerialrat auszufüllen.

Das Ehepaar Moser liebte die Welt der Bücher. Sie las ihm in der Anfangszeit seiner Rekonvaleszenz viel vor. Er suchte später, als es wieder möglich wurde zu lesen, in den Büchern Antworten auf seine Fragen zu dem Leid in der Welt, das ganz offensichtlich auch vor ihm nicht Halt gemacht hatte. Die Welt war auf der geistigen Ebene nach dem verheerenden Zweiten Weltkrieg sehr aktiv. Es gab auf allen geisteswissenschaftlichen Gebieten wie Theologie, Psychologie, Geschichte, Philosophie, Pädagogik, Soziologie neue Fragen. Antworten wurden gesucht auf weltgeschichtliche Ereignisse, die angesichts der jüngsten Vergangenheit neu untersucht und bewertet wurden. Die Veröffentlichungen auf diesen Gebieten waren unüberschaubar. Die Bibliothek der Familie Moser wuchs von Jahr zu Jahr und wurde für Susanne immer beeindruckender. Zwei Themen fielen ihr besonders auf und sie fing an als Jugendliche in diesen Büchern zu stöbern, ohne dass sie davon wirklich etwas verstand. Es waren die Themen Judentum und Weltreligionen. So katholisch wie ihre Mutter war, sie ließ sich auf die Themen, die Herrn Moser beschäftigten, auch ein. Sie verstand, dass die katholische Lehre ihrem Ehemann nicht die Antworten geben konnte, die er für sich brauchte. Er wollte kein Opfer sein, wie konnte er damit leben, vielleicht

Gottes Zorn auf sich gezogen zu haben? Das konnte kein Trost sein! Welche Prüfung sollte das von Gott sein? Wenn es so etwas tatsächlich geben sollte, dann müsste auch ein Sinn zu erkennen sein. Denn eine Prüfung zielt immer auf einen weiteren Entwicklungsschritt ab, der in einem Lebenszusammenhang stehen sollte, wenn eben die Prüfung Sinn machen sollte. Welchen Sinn sollte es also ergeben, dass ihm dieses Leid aufgebürdet wurde? Geben andere Religionen eine Antwort auf die Frage nach dem Leid in der Welt? Vielleicht kennen sich die jüdischen Geistesgrößen damit aus. Hatte nicht dieses Volk unendlich viel Erfahrung mit Leid gesammelt? So wuchs die Bibliothek bis an die Grenzen des Fassungsvermögens des Hauses. In jedem Zimmer standen Bücherregale. Und die Welt der Bücher wurde das geistige Zuhause der Familie. Aber Herr Moser wäre nicht so ein brillanter Jurist geworden, wenn er nicht über eine außerordentliche Intelligenz verfügt hätte. Sein Auffassungsvermögen hatte zwar unter der Gehirnembolie gelitten, aber nur auf der Geschwindigkeitsebene. Er war nicht mehr schnell im Denken, aber immer noch gewieft und klug. Er schaffte es aus dem Meer von Informationen, das seine Bibliothek enthielt, eine Essenz herauszuziehen, die ihn mit seinen Fragen an sein Leben nicht mehr alleine ließ. Die ihm Frieden schenkte und auch so etwas wie Lebensbejahung, zumindest ein »Ja« zu seinem Schicksal und ein »Ja« zum Elend in der Welt. Auf seiner verzweifelten Suche nach Antworten verschlang er Biografien von Menschen, die durch schwere Zeiten Lebenswendungen akzeptieren lernen mussten und diese genau beschrieben. Überzeugt hatte ihn ein Mann: Karlfried Graf Dürkheim.

Das Foto von Graf Dürkheim, das die mittlerweile zehn Jahre alte Susanne, auf dem Schreibtisch ihres Vaters entdeckte, zeigte ihr eine alt gewordene »Kasperlefigur«. So wirkte dieses Bild auf sie. Sie staunte über einen greisen Alten in einem seltsamen Kostüm. Ihr

Blick wechselte ständig zwischen dem Gesicht des Alten und seiner Bekleidung hin und her. Beides faszinierte sie. Der alte Mann hatte ein ausgesprochen hässliches Gesicht, da sich seine Gesichtskonturen in Auflösung zu befinden schienen. Die unteren Augenlider hingen ebenso stark herab wie die Mundwinkel einstmals voller Lippen. Die Augäpfel schwammen in sehr feuchter bis wässriger Umgebung und erinnerten sie an blasse, farblose Froschaugen. Auf dem Foto sitzt er neben einer gleichaltrigen Dame, die ebenso auffällig gekleidet war wie er. Bunte, glänzende übergroße mantelartige Gewänder trugen beide und auf dem Kopf sehr seltsame Hüte. Diese hatten eine nach oben hin spitz zulaufende Form und an den Seiten auf der Höhe der Ohren nach außen hoch schwingende Stoffspitzen. Die Hüte bedeckten wie Mützen die Stirn sehr tief, fast bis zu den Augenbrauen hinunter. Der Mann trug sie im dunklen glänzenden Rot, die Frau in einem seidenschimmernden Schwarz. Susanne hielt dieses Foto, das in einem Bildrahmen fixiert war, oft staunend in den Händen. Wieso hatte ihr Vater ein Bild von zwei so komischen Figuren auf dem Schreibtisch stehen? Herr Moser beantwortete ihr die Frage: »Das ist der große Graf Dürkheim, ein sehr weiser, alter Mann, der ein tibetisches Priestergewand trägt. Dieses Foto habe ich selber von ihm machen dürfen.« Susanne war tief beeindruckt. Kannte ihr Vater sogar einen Grafen! Toll! Die Vorstellung, dass die Familie mit einem echten Grafen befreundet sein musste, nahm Susannes Fantasie voll und ganz in Anspruch. Die in ihren Augen komische Bekleidung beschäftigte sie nicht weiter. Dahin fuhr der Vater also ein oder zweimal im Jahr, wenn er ein ganzes Wochenende nicht zu Hause war, zu einem Grafen auf die Burg. Warum fuhr da nicht die ganze Familie mit? Der Vater versuchte es ihr zu erklären: »Ja, weißt du, der Mann heißt nur noch Graf Dürkheim. Er hat aber schon lange keine Burg mehr. Dafür haben er und seine Frau ein Zentrum im Schwarzwald, wo ich meditieren lerne. Da musst du den ganzen Tag ganz still sitzen, nur auf einem Bodenplatz im Schneidersitz. Willst du das?«

»Nein!«, entgegnete Susanne entsetzt.

»Na, siehst du. Das will sonst niemand in der Familie. Deshalb fahre ich alleine. Wenn du älter bist, hast du vielleicht Interesse mal mit zu kommen. Aber für Kinder ist das wirklich noch nichts.«

»Ach so.« Enttäuscht trottete Susanne aus dem Wohnzimmer. Meditieren?! Sie verstand gar nichts mehr. Ging deshalb der Vater nicht mehr mit in die Kirche? In den Achtzigerjahren des vergangenen Jahrhunderts war die Verbindung zwischen östlicher Spiritualität und kirchlicher Glaubenslehre noch nicht offiziell denkbar, geschweige denn diskutierbar. Es waren Einzelkämpfer in Europa, die sich für eine Vereinigung der östlichen und westlichen Glaubensvorstellungen einsetzten, in dem sie verglichen und das Gemeinsame lehrten und lebten. Ein solcher Pionier war Karlfried Graf Dürkheim. Diesem Mann konnte Herr Moser tiefen Respekt entgegen bringen, gehörte er doch der Generation an, die zwei Weltkriege aktiv miterleben mussten. Viele, die das physisch überlebt hatten, lebten weiter als seelische Krüppel. Graf Dürkheim war ein Mann, der nicht nur beide Weltkriege als Offizier ohne körperliche Verletzung überlebte, er suchte bereits in den Zwanzigerjahren und erst recht in den Fünfzigerjahren nach Antworten und fand diese auf die große Frage nach dem Warum. Warum geschieht dieses endlose Leid in der Welt? Warum lernen die Menschen nicht, in Frieden miteinander zu leben. Warum leidet der eine und der andere nicht? Gibt es den Weg, die Wahrheit und das Leben, so wie es Jesus verkündet hatte. Graf Dürkheim wurde Herrn Mosers großer Meister. Zu ihm konnte er gehen und akzeptieren, dass es eine existenzielle Tiefe gibt, die jenseits von Gut und Böse ist. Gut und Böse sind rein menschliche Kategorien, die benötigt werden, um die Welt im Griff zu haben. Graf Dürkheim lehrte ihn, genau diese Einstellung zum

Leben aufzugeben, in der es um die Beherrschung der Welt, der Existenz in Zeit und Raum geht. Herr Moser war bereit für den »Initiatischen Weg«, der Weg, der die Tür zum Geheimen der irdischen Welt öffnet. So wie es auch der christliche Mystiker Meister Eckehart beschrieb: Gehe deinen Weg aus dem Glauben an eine Lehre heraus weiter, hinein in den Glauben aus Erfahrung. Erst dann eröffnet sich die Dimension der schöpferischen und transzendenten Kraft, die in jedem von uns wohnt und entdeckt werden will. Meister Eckehart sagt: »*... es genügt, die Tür zu öffnen; Gott steht immer davor und möchte eintreten, aber erst muss das Ich hinaus gehen, denn es ist kein Platz für beide da.*«

Herr Moser begriff schnell, dass seine Enttäuschung über die Wende in seinem Leben ausschließlich von seinem bewussten»Ich« genährt wurde. Gott hatte damit nichts zu tun. Um seinen Seelenfrieden zu finden, musste er seine bisherigen Wertvorstellungen hinter sich lassen, musste er sich auf die Meditation einlassen, die seinem Geist lehren sollte, nach innen zu schauen, damit ihm die Wahrheit des Lebendigen gewahr werde. Graf Dürkheim schreibt dazu: *Ich betone die Bedeutung der Leere, die im Westen so oft missverstanden wird. Es handelt sich ganz und gar nicht darum, sich ins Nichts zu werfen, sondern sich von jedem Begriff, jedem Bild freizumachen. Wie die Jungfrau ledig sein musste aller Dinge, um den Geist des Herrn zu empfangen, so müssen auch wir ledig sein vom Vielen der Welt, damit das Tor zur Fülle des Seins sich öffnet, Zazen ist eine Übung der Öffnung zu Erfahrung des Seins.* (Graf Dürkheim: Der Weg, die Wahrheit, das Leben, 3. Auflage, Bern, München 1984, S. 32).

Und Herr Moser übte Zazen, jeden Tag. Sein um die Meditation aufgebauter Tagesrhythmus ließ für die Familie kaum noch Zeit. Er zog sich ganz zurück von ihr und vertiefte sich in die Denkweise der fernöstlichen Philosophien. Je besser es Herrn Moser wieder ging, desto unerreichbarer wurde er für die Familie. Er wurde der Financier, lebte aber als Eremit in seiner Familie, da er allen Wertevorstellungen, die seine Töchter in ihrem Heranwachsen ins Haus brachten, keinerlei Bedeutung mehr zumass. War das noch wichtig, wenn man den initiatorischen Weg beschritten hatte? Das alles begriffen die heranwachsenden Töchter nicht wirklich, ganz besonders nicht die jüngste von ihnen. Frau Moser fand sich damit ab. Sie war eine tatkräftige, bodenständige Katholikin, die sich sagte, das hätte sich noch alles viel schlimmer entwickeln können. So wurde ihr Ehemann zwar kein aktiver Partner mehr, aber auch kein frustrierter, vom Leben enttäuschter Ballast, sondern ein freundlicher, sanfter Einzelgänger, der halt mit zur Familie gehörte und den entscheidenden finanziellen Beitrag leistete, solange die jeweilige Bundesregierung einen arbeitsunfähigen Ministerialrat bezahlen wollte. Somit hatte sich für Frau Moser aus dem ganzen Drama noch das Beste entwickelt und sie konnte ihrem Gott dafür dankbar sein.

Aber wie entwickelte sich die jüngste Tochter? Susanne, die zu klein war, um irgendetwas zu verstehen, der nichts erklärt wurde, der aber abverlangt wurde, nicht zu stören. Doch wenn es ihr aufgrund ihres Temperaments doch passierte, wurde sie mit Ignoranz oder Ablehnung bestraft. Dieses kleine Mädchen, das so nach Anerkennung lechzte, dass es, ihrem Vater gleich, eine Sprechstörung entwickelte, die sich zu ihrem Entsetzen verselbstständigte, wuchs heran, wurde volljährig. Aber wurde sie auch erwachsen? Konnte sie sich gesund entwickeln, so dass sie eine reife, selbstbewusste junge Frau wurde?

Sie wird es selbst erzählen, in ihrer ureigenen, vitalen und temperamentvollen Art und Weise.

Ein zweiter »Vater«

Es reichten zwei Tage in meiner neuen Rolle als Hausfrau und Mutter, um die ebenso vertraute wie geheimnisvolle Wut wieder aufbrausen zu lassen. Eine mörderische Wut, die mich Türen grundlos knallen lässt, Gläser ohne Rücksicht auf Verluste in den Schrank schleudern oder auch den Oberbauch verkrampfen lässt. Zur Krönung meiner Wutattacken an diesem Tag beförderte ich mit einem Fußtritt den Papierkorb quer durch das Kinderzimmer. Die Fetzen einer Fotografie fielen mir ins Auge. Das Foto, das mir vor gut einer Woche völlig überraschend meine Vergangenheit in die Gegenwart zurückgeholt hatte.

Meine Freundin hatte es gefunden, als sie mir half, Schränke und Regale für das zukünftige Kinderzimmer frei zu räumen. »Ist er das?«, hörte ich sie plötzlich aus der anderen Ecke meines bisherigen Büros fragen, während sie den Inhalt einer Schublade in eine Schachtel umschichtete. Ahnungslos drehte ich mich um. Sie hielt ein Passfoto in der Hand, das sie eifrig studierte und mich im ersten Moment den Atem anhalten ließ. Natürlich war er das! »Wer könnte es denn sonst sein?«
Meine Gereiztheit signalisierte eine drohende Entgleisung meiner bisherigen guten Laune. Sensibel schätzte Mascha die Reaktion richtig ein und versuchte lachend diese wieder zu stabilisieren: »Na ja, wenn du sagen würdest, es ist das Bild deines zu früh ergrauten, in der Midlife-Crisis befindlichen Finanzbeamten, das – auf welche geheimnisvolle Weise auch immer – zwischen die Seiten deines Steuerbescheides gerutscht ist, dann würde ich dir das glatt glauben!« »Sieht er wirklich so schlimm aus?«, erkundigte ich mich ehrlich betroffen und setzte mich neben sie. Einmütig betrachteten wir gemeinsam die Porträtaufnahme meines »großen Meisters«.

»Schlimm nicht, aber sterbenslangweilig und eben im gnadenlosen Alterungsprozess begriffen. Wie konntest du dich in ihn verlieben?«

»Du weißt doch, es sind die inneren Werte, die zählen. Aber Spaß beiseite. Das Bild gibt noch nicht einmal einen Schatten seiner Ausstrahlung wieder! Schau ihn dir genau an, fällt dir gar nichts auf?«

»Hm, vielleicht die Augen, aber auf einer Schwarz-Weiß-Fotografie kann ich wenig sehen und noch weniger dazu sagen.«

»Es waren seine Augen, die mich zuerst fasziniert hatten. Große dunkelbraune Augen, die alles aufzusaugen schienen. Nein, aufsaugen ist der falsche Ausdruck! Aufnehmen, wissend aufnehmen; Augen, die vieles gesehen haben, viel verstehen und annehmen. Ich fühlte mich gesehen von seinen Augen. Natürlich hatte ich registriert, dass es sonst wenig Attraktives an ihm zu bewundern gab. Sein Alter: mindestens 50. Sein bereits ergrautes schütteres Haar, das er auch noch schulterlang trug, bewies eindeutig, dass er für sein äußeres Erscheinungsbild nur wenig Zeit aufzubringen bereit war. Seine teigige, blässliche Gesichtshaut erzählte mir, dass er wohl selten längere Zeit unter der Sonne verbrachte und lieber im Arbeitszimmer am Schreibtisch saß, wofür sein Rundbuckel stummer Zeuge war; sein Wohlstandsbäuchlein wurde von zwei streichholzdünnen Beinen getragen und in einer männeruntypischen fistelhohen Stimme begrüßte er mich. Am unangenehmsten war mir dabei der Handschlag: Diesen Begriff spottend hielt er mir grade mal Zeige- und Mittelfinger entgegen, die rechte Hand dabei unmittelbar vor seinem Bauch haltend. So musste ich meine Hand in eine sehr ungewohnte Nähe zu seinem Körper bringen, um uns dann an den Fingerspitzen zu fassen zu kriegen. All das fiel mir direkt bei unserer ersten Begegnung auf.«

Ich pausierte nach diesem schonungslosen Resümee über die Äußerlichkeiten eines Mannes, dem ich fast zehn Jahre bedingungslos vertraut hatte, von dem ich zehn Jahre lang abhängig gewesen war.

Mascha gab sich noch nicht zufrieden: »Ja, und weiter, was war es denn, dass du nicht abgeschreckt worden bist?«

»Seine Widersprüchlichkeiten. Auf dem Foto kannst du sie nicht sehen. Aber allein schon sein Gesicht. Von vorne, wie auf diesem Bild, erkennst du ein breites, großflächiges Pfannkuchengesicht. Aber im Profil hat es eine Schärfe und Klarheit offenbart, die dazu absolut paradox wirkte. Seine Nase, so gesehen lediglich als schmal zu charakterisieren, springt im Profil wie ein Adlerschnabel aus dem Gesicht. Sein Kinn, hier unauffällig breit, zeigt von der anderen Seite gesehen eine beeindruckende Kraft und Dynamik. War seine Stimme auch zuerst unangenehm hoch, sprach er zu mir in der Sitzung in einer wohltuenden Güte und Sanftheit. Seine dünnen Beine und der Bauch ermöglichten überraschenderweise einen federnden, ja fast tänzerischen Gang. Seine Handschrift beneidete ich auf Anhieb. Mit schön geschwungenen, sehr regelmäßigen und bogenreichen Buchstaben schrieb er mir irgendeine Notiz auf. Ich dachte noch, dieser Mann muss innerlich unglaublich aufgeräumt sein. So aufgeräumt, wie ich es für mich selbst wünschte. Außerdem geistreich und erfolgreich. Als ich das erste Mal zu ihm kam, stand auf seinem Namensschild Dr. Dipl. Als wir uns trennten, stand sogar habil. Phil. Dr. Dr. Dipl.

Tja, ich spürte wohl, dass sich hinter dieser unscheinbaren Beamtenfassade etwas sehr Spannendes versteckte (wenn ich auch alles andere nicht spürte oder spüren wollte), oder besser gesagt, ich stellte mir in meiner Fantasie vor, dass das ein Mann mit Geheimnissen sein müsste, vielleicht weil ich es nicht fassen konnte, dass ich einem Mann vom Typ Finanzbeamter vertrauen konnte.«

»Warum brauchtest du diesen Mythos, um dein Vertrauen zu einem Mann akzeptieren zu können?«, unterbrach mich meine Freundin überrascht.

»Da ich bis zu diesem Zusammentreffen keinen Mann auch nur ernst nehmen konnte, musste die Bereitschaft, mich diesem Mann als Therapeuten zu öffnen, etwas mystisches, vorherbestimmtes sein. Eine göttliche Fügung, oder so ähnlich.

»Keinen Mann ernst nehmen …«, staunte Mascha.

»Ja, das war ein Teil meiner Symptomatik, die ich bis dahin selbst nicht kannte: meine Unfähigkeit, Männern gegenüber eine positive Beziehung aufzubauen. Männer waren für mich nur Versager …«

»Oh Gott, und jetzt hast du einen Sohn!«

»Und einen Ehemann noch dazu!«, ergänzte ich lachend. »So, aber jetzt genug davon, der Typ hat mir schon genug Zeit gestohlen!« Ich schnappte mir das Foto, zerriss es und begrub es im Papierkorb. Nichts ahnend, dass mich dieser Lebensabschnittspartner noch lange Zeit beschäftigen werden wird.

Eine seltsame Therapie

Zwei grundverschiedene Leben hatte ich hinter mich gebracht: mein Leben mit meiner Familie und mein Leben mit Euler. Ich begann mein drittes Leben mit Friedrich und meinen beiden Söhnen. Euler wurde zum Drehpunkt meines bis dahin gelebten Lebens. Mein Leben vor Euler und mein Leben nach Euler. Ich wollte diesen Euler vergessen.

Euler! Wer war Euler? Ein Mensch, der mich als Psychotherapeut begleitete, fast zehn Jahre lang, so gut wie jeden Tag. Somit war er doch ein Lebensgefährte meiner. Für zehn Jahre. Oder war er ein sozial-psychiatrischer Begleiter, ein Psychoanalytiker mit unorthodoxen Methoden, inklusive hellsichtigen Fähigkeiten? Er ist und bleibt eine Größe in meinem Leben, ohne die ich heute nicht die wäre, die ich bin. Will sagen, ich verdanke ihm viel, wenn ich es mir auch hart erarbeiten musste. Ohne ihn hätte ich nicht so gekämpft und wäre in meinen absonderlichen Verhaltensmustern hängengeblieben: frustriert, verbittert, vielleicht auch verarmt, lebensmüde und sozial schwer erträglich. Dagegen würde ich mich heute als lebensbejahend, neugierig und kreativ bezeichnen, wobei eine gewisse Sozialphobie übrig geblieben ist. Ich halte mich nach wie vor nicht gerne in Gruppen auf, als eine unter mehreren oder gar unter vielen. Gruppen vorstehen, als Solitär eine Gruppe beherrschen, das kann ich.

Nach meiner Schulzeit, die alles andere als normal war aufgrund einer schweren Sprechstörung, war mir klar, dass ich nicht wie meine vier Schwestern ein Studium schaffen könnte. Ich konnte nicht sagen, was ich wollte. Alles, was mit Gefühlen verbunden war, blieb mir regelrecht im Hals stecken. Meine Kehle klappte zu. Das war so schlimm, dass ich manchmal meinen eigenen Vornamen nicht aussprechen konnte und einen anderen Namen sagen musste. Texte vorzulesen war mir in keiner Situation möglich. Selbst wenn ich angefangen hatte laut zu lesen, irgendwann klappte die Kehle zu und nichts ging mehr. Wollte ich mich zum Sprechen zwingen, endete es im Hyperventilieren. Es ging ja nichts mehr raus.

Nach meiner Schulzeit wollte ich nur noch meine Ruhe haben. Als Berufstätigkeit erschien mir der Beruf der Bibliothekarin sehr attraktiv. Warum ich mich dann für eine Ausbildungsstelle zur Audiologie-Assistentin an der Bonner HNO-Klinik bewarb, kann ich nicht mehr erklären. Es bot sich an und ich griff zu. Hatte ich mich im Vorstellungsgespräch doch so gut verkauft, dass sie mich genommen haben. Diese dreijährige Ausbildungszeit war meine glücklichste Zeit, die ich bis dahin erlebt hatte. Ich konnte sprechen, kokettieren, schaffte es den Ansprüchen zu genügen, hatte meine ersten Sexualkontakte und lebte ein freies Leben mit zwei meiner Schwestern in der Eigentumswohnung meiner Eltern in Bonn. Es fiel mir nicht auf, dass ich keine Beziehung zu Männern länger als drei Monate halten konnte. Es waren die Männer, die die Beziehung jeweils abbrachen. Aber ich war jung und mir selbst so fremd, dass ich diese Ablehnungen nicht tiefer wahrnahm. Zu einem jungen Mann, der sich ernsthaft in mich verliebte, konnte ich keine körperliche Nähe ertragen. Ich mochte ihn, wir verstanden uns gut, von ihm stammte die Bezeichnung für unsere Schwesternwohngemeinschaft: Schwesternwohnheim Moser. Aber anfassen ging gar nicht. Anfassen lassen konnte ich mich nur von Männern, die nicht ernsthaft etwas von mir wollten. Deshalb war der jeweilige Beziehungsabbruch für mich völlig in Ordnung, in meiner Ordnung.

Diese Ordnung fing an zu bröckeln, als ich nach meiner Ausbildung von Bonn nach Duisburg umzog. Ich trat meine erste Arbeitsstelle als Audiologie-Assistentin in einem mittelgroßen Krankenhaus an.

Meine Welt schien in Ordnung zu sein. Wenn da nicht plötzlich Weinkrämpfe die Abende im Personalwohnheim beherrschten. Sie kamen für mich wie aus heiterem Himmel. Ich konnte nur eine Erklärung finden: die Arbeitsbedingungen waren für mich nicht die richtigen. Ich war völlig unterfordert und zutiefst gelangweilt. Ich wollte zurück an eine Uniklinik und schrieb einen Brandbrief an meinen ehemaligen Ausbilder, der in der Zwischenzeit eine Professur für Phonetik und Audiologie an der Kölner Universitätsklinik erhalten hatte. Tatsächlich konnte er mir eine Stelle im Rahmen eines Forschungsprojektes mit Frühgeborenen anbieten. Mit wehenden Fahnen brach ich meine Zelte in Duisburg ab und baute sie in Köln wieder auf, wobei ich als Wohnort mein geliebtes Bonn wählte. Der Wechsel tat mir zunächst gut. Die Arbeit machte mir wieder Spaß. Die damals noch sehr aufwendigen und raumfordernden digitalen Untersuchungsmaschinen beherrschte ich schnell. Ebenso schnell lernte ich das Auswickeln und wieder Einwickeln der kleinen, noch nicht überlebensfähigen Neugeborenen für die Untersuchungen. Die Art meiner Handhabung der Kinder und der Maschinen unterschied sich wohl nicht sehr, denn meine Kollegin fragte mich mit echtem an Entsetzen grenzendes Erstaunen, was für eine Kindheit ich denn gehabt hätte. Sie war die Gattin eines Kölner Psychotherapeuten. Mit dieser Frage brach der Damm meines inneren Schutzschildes. Nicht sofort, aber nach der Arbeit zu Hause brachen wieder die Weinkrämpfe aus. Diesmal musste ich erkennen, dass das Weinen nichts mit den Außenbedingungen zu tun hatte, sondern mit mir selbst; mit etwas, das Beachtung forderte, von dem ich aber keine Ahnung hatte. Und nur deshalb konnte ich mich der Idee meiner Schwester, die Psychologin war, anschließen, mir einen Therapieplatz zu suchen, um herauszufinden, warum ich so abgrundtief verzweifelt weinen musste. Diese Suche führte mich in die Praxis des Herrn Dr. Dipl. phil. Wolfgang Daniel Euler in Bonn,

Praxis und Wohnung in unmittelbarer Nähe des damaligen Regierungsviertels, eine erstklassige Adresse. Ich fühlte mich auserwählt, dass er mich ohne lange Wartezeiten in seinen Räumen empfing. War die Zeit der Weinkrämpfe endlich vorüber? Warum hatte ich überhaupt so viel zu weinen, konnte er mir helfen, den Grund dafür zu finden?

Ein psychoanalytisches Kronjuwel, das sei ich! Psychoanalytisches Kronjuwel! Damit hat er mich geködert und gebauchpinselt. Verstanden habe ich das so, dass ich etwas ganz, ganz Besonderes sei und dass noch etwas viel Besonderes aus mir werden würde. Aber darüber gesprochen hatten wir nie. Das Unausgesprochene, das Angedeutete war unsere Kommunikationsbasis. Die darin enthaltenen inhaltlichen Ellipsen waren manchmal so dicht und intensiv, dass mir schwindelig wurde und ich am ganzen Körper zitterte. Dieses körperliche Zittern verließ mich nie in den zehn Jahren, die wir zusammen waren. Es setze ein, sobald ich vor seiner Tür auf ihn warten musste. Ich konnte es nicht einordnen, nicht verstehen, nahm es hin und gewöhnte mich daran. Gesprochen hatten wir nie darüber. Wir haben nie über uns gesprochen. Das war nicht nötig. Ich war Meisterin darin, unausgesprochene Erwartungen zu erfüllen. Darin hatte mich meine Mutter geschult. Meine Mutter, überfordert mit dem Leben, das sie meisterte: fünf Kinder, einen invaliden Ehemann und Vollzeitstelle als Hauptschullehrerin. Sie funktionierte, arbeitete den ganzen Tag bis zum Umfallen, sie hatte keine Zeit zu reden. Sie dirigierte uns mit ihren Augen. Ein Blick genügte und wir wussten Bescheid. Die Samstagmorgen waren besonders lehrreich: Wir hatten alle frei, keine Schule, endlich Ausschlafen. Aber nicht für Mutter. Sie fuhrwerkte schon früh in Küche und Wirtschaftsräumen. Wir konnten es hören. Wurde die Besteckschublade laut zugeknallt oder angemessen zugeschoben? Summte sie beim Kaffeekochen oder hörten wir leises Schimpfen? Wenn wir uns dann herunter trauten, vorbereitet durch das gehörte, wussten wir schon, ob wir uns direkt an unsere Hausarbeiten machen sollten, oder uns gemütlich an den Frühstückstisch setzen konnten. Der Blick unserer Mutter nahm uns den letzten Zweifel über die Tagesstimmung.

Aufgrund dieser Erziehung wurde ich hervorragend auf die Kommunikation mit Herrn Dr. Euler vorbereitet.

In einer Therapiestunde, zu der ich mit dem Fahrrad gekommen war, hatte er es geschafft mich aus der Reserve zu locken und ein ungeheures Wutgefühl hervorbrechen zu lassen. Geschafft hatte er das durch sein Schweigen. Ich erzählte etwas über meinen Vater. Der mich mal wieder wahnsinnig gemacht hatte. Wie sollte ich mit einem Vater umgehen, der einfach nicht auf die einfachsten Anliegen seiner Tochter angemessen regieren konnte. Ich hatte ihm einen Schulaufsatz gegeben, der von meinem Deutschlehrer sehr gelobt wurde. Eine Interpretation zu Heines Gedicht »Die Weber«. Mein Vater las meine Arbeit und sagte darauf nur: »So, so,«, um sich dann direkt wieder seinem Schachspiel zu widmen. Ich sprach in dieser Therapiestunde über diese Enttäuschung. Euler schien das aber auch nicht zu interessieren. Er saß mit geschlossenen Augen da, stützte seinen Kopf mit der Hand ab und schwieg. »Ja, hören Sie mir überhaupt zu? Oder sind Sie wieder eingeschlafen?«, brüllte ich ihn an, sprang aus dem Sessel, schoss aus dem Raum und dabei knallte ich die schwere Wohnungstür so heftig im Herausstürmen zu, dass ich mir die rechte Schulter ausrenkte. Ich brüllte vor Schmerzen und fiel einige Meter von der Wohnungstür entfernt auf den Boden. Die nachfolgende Patientin kam an mir vorbei, ließ mich liegen und schellte an der Wohnungstür. Euler machte nicht auf! Da ich mein lockeres Schultergelenk kannte, gelang es mir, den Oberarmknochen wieder in die Gelenkpfanne rutschen zu lassen und so die Etage und das Haus zu verlassen. Mit lahmen Arm fuhr ich auf meinem Fahrrad nach Hause. Auf diesem Weg machte ich an einer Tankstelle halt, um mir Zigaretten zu kaufen. Dort sah ich die junge Israelin oder Palästinenserin, die bei ihm wohnte, mit einem jungen Mann. Vom Sehen kannten wir uns, sprachen aber nicht miteinander.

Bei meinem nächsten Termin bei Euler erwähnte ich dies, nachdem er mich darauf hingewiesen hatte, dass ich mit meinem Verhalten die nachfolgende Patientin verstört hätte. Dies war tatsächlich sein einziger Kommentar zu dem Wutausbruch mit körperlicher Verletzung! Ich ließ ihn wissen, dass mich die Befindlichkeit der Frau, die einfach an mir und meiner ausgerenkten Schulter vorbei lief, herzlich wenig interessierte. Er sah mich daraufhin wie üblich intensiv an. Irritiert hat mich jedoch seine Bemerkung zu meiner Anmerkung, dass ich seine Mitbewohnerin mit einem jungen Mann gesehen habe: »Seltsam, das habe ich doch nicht so gesteuert.« Was steuerte er denn? Steuerte er mich auch? In welcher Weise steuerte er andere oder mich? Aber diese Fragen hätte ich niemals laut und direkt gestellt. Wohl wissend, dass er auf direkte Fragen sowieso nie eine Antwort gab.

Ein weiteres Thema war Euler und die ihn umgebenden Frauen. Sie waren mir ein Dorn im Auge. Rasend vor Wut wurde ich jedoch, als ich mich ausgegrenzt, ausgenutzt und hintergangen fühlte: Eine junge Frau, zu der er mich zur Maltherapie schickte, war auch seine Patienten. Das wusste ich. Aber war sie noch mehr? Ich bekam zufällig mit, dass sie sich völlig selbstverständlich zwischen der ersten und der zweiten Wohnetage hin- und herbewegte, zwischen seinem Praxis- und seinem Privatbereich. Ich erstarrte. Was war das? Wer war sie wirklich? Co-Therapeutin? Patientin? Vertraute, die Zugang zu allen seinen Sachen hatte? Ich wusste nicht mehr wohin mit meiner Wut. Bei nächster Gelegenheit schmetterte ich ihm alle meine Gefühle des Verrates und der Ausgrenzung ins Gesicht. Seine Reaktion: nichts, keine Erklärung, gleichmütiges, sanftes Hinnehmen meiner emotionalen Eskapaden. Lediglich das Zugeständnis, dass da etwas schief gelaufen sei. Als ich mit dem verbalen Toben fertig war, fing er ein völlig anderes Thema an.

Hallo!? Hallo, hört mich jemand? Ich tobe, ich schreie, fühle mich verletzt, ausgenutzt, missbraucht. Interessiert es irgendjemanden, interessiert es meinen Therapeuten? Nein! Einfach Nein! Können wir jetzt zur Tagesordnung übergehen? Wie krank muss man sein, um so etwas jahrelang auszuhalten? Wie weit stand ich neben mir, dass ich mir keinen anderen Therapieplatz gesucht hatte? Nun, ich war angedockt, nur er konnte mich retten. Davon war ich überzeugt. Denn nur er hatte mich erkannt. Ja, um Himmelswillen vor was denn retten. Vor meiner mörderischen Wut, vor meinem Hass, vor meiner Verzweiflung. Vor einer bodenlosen Leere.

Und ich behaupte auch heute noch, dass ich mit dieser Einschätzung recht hatte. Kein Therapeut hätte mein Weinen durch Verhaltenstherapie oder Gesprächstherapie besänftigen können. Mein Weinen kam aus tiefster Seelennot. Meine Seele weinte, weil mein Selbst zerbrochen war. Fragmentiertes Selbst ist eine Diagnose für eine Persönlichkeitsstörung, die selten geheilt werden kann. Euler unternahm diesen Heilungsversuch und brach nach einer narzisstischen Kränkung, die ich ihm wohl bescherte, ab. Doch ich bin nicht untergegangen.

Er hat mir nie direkt Persönliches über sich erzählt. Alles, was ich über ihn sagen kann, habe ich aus Unterlagen über ihn oder, wenn ich ihn daraufhin etwas gefragt hatte, erhielt ich ab und an ein knappes »Ja« oder »Nein«. So bejahte er auch meine Frage, ob er Jude sei. Diese Frage ergab sich für mich, weil meine Mutter meinte, der Name Euler sei ein jüdischer Name. Außerdem fielen mir in seinem Behandlungszimmer die vielen jüdischen Autoren auf, deren Bücher in den Bücherregalen standen.

Irgendwann fing er an, mich mit Sekretariatsarbeit zu betrauen. Nach einer Therapiestunde fragte er vorsichtig an, ob ich bereit wäre, dieses oder jedes für ihn zu erledigen. Ein Anschreiben zu beantworten, ein Paket für ihn abzuholen, Literaturlisten zu erstellen, Zusammenfassungen zu schreiben von Büchern oder Artikeln, für die er keine Zeit hätte sie zu lesen. So war auch der Übergang zu dem Auftrag, ganze Bewerbungsmappen für ihn fertigzumachen, ein fließender. Ganz selbstverständlich nahm ich die Kopien seiner Zeugnisse, Fortbildungsbescheinigungen, Literaturlisten und auch seinen Lebenslauf entgegen und las alles begierig. Aber ich fragte ihn nie, wie er als jüdisches Kind 1942 in Dessau geboren den Holocaust überlebt hatte; wie er nach seiner Schuhmacherlehre an die Universität gekommen war und wie er das Studium im In- und Ausland finanzieren konnte. Mir war die Kommunikation ohne Worte vertraut und das war ihm nur recht. Wir tauschten Blicke aus, die uns zusammen sein ließen, uns eins sein ließen. Natürlich spürte ich dabei auch eine erotische Anziehung. Aber die ignorierte ich konsequent. Er hielt es auch einige Jahre durch. Ich liebte ihn, konnte und wollte es mir nicht eingestehen. Völlig unmöglich erschien mir auch, dass er mich lieben könnte. Ein Satz von ihm brannte sich jedoch in mir ein: »Sie sind nicht zu ertragen, wenn man Sie nicht liebt.« Komplimente hören sich anders an.

Seinen Anregungen, die Tagebücher von Anna Freud und Sabina Spielrein zu lesen, folgte ich bedenkenlos. Ich registrierte die Parallelen, die offensichtlich waren, dass auch bei diesen beiden Frauen, Koryphäen der Kinder- und Jugendpsychoanalyse, ein intensives Arbeitsverhältnis bestand: Anna Freud und ihr Vater Sigmund Freud und Sabina Spielrein und C. G. Jung. Beide Psychoanalytiker, mit dessen Schriften sich Euler intensiv beschäftigte. Sabina Spielrein war auch Patientin von Jung, die er auch mit Arbeitsaufträgen im Rahmen seiner Forschungsarbeiten »therapierte«. Ich traute mich kaum mir einzugestehen, dass Euler mir mit dieser empfohlenen Lektüre eventuell etwas mitteilen wollte: Dieses Verhältnis, so wie wir es führen, hat es in der psychoanalytischen Szene schon einmal gegeben: Spielrein und Jung. Konnte das sein: Ich sollte auch die Voraussetzungen haben, irgendwann einmal als Kinder- und Jugendtherapeutin zu arbeiten? Ich wollte das glauben, traute mich aber nicht, folgte nur jedem Hinweis, jeder Andeutung, die in diese Richtung wies. So war mir auch klar, für was ich mich entscheiden sollte, als er mir folgende Wahl stellte. Ich hatte die Wahl zwischen einer Ausbildungsstelle an der Bibliotheka Judaica in Köln als Bibliothekarin, mein früherer Berufswunsch und einem Lehramtsstudium in Köln. Anna Freud war zunächst Lehrerin gewesen, also war klar: ich sollte mich für das Lehramt entscheiden und tat es auch. Gesagt hat er das nie! Finanziell war es kein Problem. Zu dieser Zeit gab es das elternunabhängige BAföG-Geld, das mir nach sechsjähriger Berufstätigkeit zustand. Aller guten Dinge sind drei, und so begann ich eine weitere Ausbildung. Alle, die mich noch aus meiner Schulzeit kannten, wunderten sich. In die Schule zurück, an den Ort, an dem ich gelitten hatte wie ein Hund, den ich gehasst hatte, mit Fuß- und Bauchkrämpfen meinen Schulweg absolvierte, wieso? Aber keiner sprach mich darauf an, keiner traute sich, meine Entscheidung kritisch zu hinterfragen. Euler hatte einen Bann um mich gelegt. Keiner traute sich in unser Verhältnis einzudringen.

Sabina Spielrein! Sollte sie mein Vorbild sein? Sie war die Tochter aus einer reichen, jüdischen Kaufmannsfamilie, geboren in Rostow am Don 1885. Sabina Spielrein war ein geliebtes Kind ihrer Eltern und wuchs in privilegierten Verhältnissen auf. Dennoch mussten ihre Eltern sie zu Beginn des 19. Jahrhunderts in die Schweizer Psychiatrie Burghölzli bringen, da Sabina unter unerklärlichen Wut- und Schreiattacken litt, die das Zusammenleben mit ihr für die ganze Familie und deren Umfeld unerträglich hatten werden lassen. In dieser psychiatrischen Anstalt, der Begriff »Klinik« war in dieser Zeit für solche Einrichtungen noch nicht vorgesehen, wurde sie von Carl G. Jung behandelt. Dieser wendete die damals noch sehr junge Therapietechnik der Psychoanalyse bei ihr an. Burghölzli war der letzte, verzweifelte Versuch ihrer Eltern, ihr zu helfen. Und sie tobte und schrie auch bei ihrer Ankunft. Ein junges, intelligentes, ausgesprochen hübsches, reiches Mädchen, für das die Eltern keine Kosten und Mühen scheuten, kam in dieser psychiatrischen Heilanstalt an und der frisch verheiratete C. G. Jung sah seine Chance, mit ihr einen psychoanalytischen Versuch durchzuführen: Wenn es ihm gelingen sollte, dieses junge Mädchen zu heilen mit der bis dahin so wenig bekannten wie anerkannten Psychoanalyse, so wäre er als Arzt ein anerkannter Psychiater geworden, der seinen Platz in der Medizingeschichte eingenommen hätte. Und so geschah es.

So wie sich heute noch jeder Psychologiestudent oder auch Mediziner im Laufe seiner Ausbildung unter anderem mit Freuds Schriften auseinandersetzen muss, so stehen auch Jungs Schriften auf dem Lehrplan für alle, die sich mit der geistigen Gesundheit beschäftigen wollen. Beide Namen gehören heute zur akademischen Allgemeinbildung. Die Namen der Patienten gehören weniger dazu. Aber Sabina Spielrein hatte sich einen Namen gemacht und wäre sicherlich auch heute bekannter, wenn sie nicht relativ jung hätte sterben müssen. Denn sie ging ihren Weg, trotz oder gerade wegen ihrer hysterischen Störung und ihrer Behandlung. Sie wusste vielleicht lange selber nicht, was sie mehr begeisterte, die Psychoanalyse oder der Mann C. G. Jung. Jung brachte seine Patientin mithilfe der Psychoanalyse und der Einbindung ihrer Intelligenz in seine psychologischen Reihenuntersuchungen, die er in der Klinik durchführte, dazu, als geheilt entlassen zu werden, um dann sogar ein Studium zu beginnen. Eine Arbeitsbeschäftigung für Patienten in der Klinik, die das Haus und seine Insassen unterstützten, hatte der Chefarzt Prof. Dr. Forel bereits im Klinikalltag etabliert. Es war also nicht ungewöhnlich in diesem Haus, dass eine Patientin einem Arzt bei der Durchführung von Untersuchungen half, zumal es sich offensichtlich um eine blitzgescheite Patientin handelte. Die psychoanalytische Kur, wie eine solche Behandlung zu dieser Zeit genannt wurde, erwies sich als sehr erfolgreich. Sabina Spielrein wurde von ihrer Hysterie geheilt und aufgrund ihrer Erfahrungen wollte sie sich anschließend der Medizin und der Psychoanalyse widmen. So begann sie im Frühling 1905 ein Medizinstudium an der Züricher Universität. In dieser Zeit blieb Sabina Spielrein mit C. G. Jung verbunden. Er bestärkte und unterstützte sie in ihrem Vorhaben, Ärztin und Psychoanalytikerin zu werden. Von ihren Eltern bekam sie ebenfalls die notwendige finanzielle Unterstützung. Ihre Begabung für das psychoanalytische Denken zeigt sich auch heute noch in dem erhaltenen Briefwechsel zwischen Spielrein und Jung. Ihre Idee und Begründung für die Theorie, dass der Mensch nicht nur den Sexualtrieb, den Eros, in sich trage, sondern auch einen Destruktionstrieb, taucht erstmalig in diesem Briefwechsel auf. Jung nahm diese Idee sehr ernst, diskutierte sie mit ihr und verliebte sich dabei in sie. Unbestritten ist heute, dass Jung in der Zeit ihres Studium die bis dahin eingehaltene professionelle Distanz aufgegeben hatte, um eine engere, intensivere Beziehung zu Sabina zu pflegen. In dem erhaltenen Briefwechsel und ihren Tagebuch-Aufzeichnungen wird auch die Beschreibung einer intimen Beziehung deutlich. Wie real oder konkret diese intime Beziehung war, lässt sich heute nicht mehr sicher ermitteln. Sicher ist, dass es innerhalb des psychoanalytischen

Kreises um Freud einen Skandal gegeben hatte. Freud ließ die Anschuldigungen Sabinas Spielreins nicht gelten, dass Jung sie fallengelassen habe, und verteidigte Jung moderat im eigenen Interesse, da er ihn zu seinem Nachfolger aufbauen wollte. Aber Freud wies Sabina Spielrein auch nicht ab und stimmte einer Lehrpsychoanalyse für sie durch ihn zu. Er erkannte ihr Potenzial für die psychoanalytische Bewegung: Intelligente Ärztin, finanziell unabhängig mit interessanten Kontakten zu der russischen Intelligenzija, da ihre Brüder beide erfolgreich akademische Ausbildungen absolviert hatten. Einer ihrer Brüder, Jan Spielrein, war ein ausgezeichneter Mathematiker und Hochschullehrer in Moskau. Außerdem überzeugte Freud auch die Idee des Destruktionstriebes von Sabina Spielrein. So gewann sie den wichtigsten Mentor der psychoanalytischen Bewegung für sich und schrieb 1911 die erste psychoanalytische Doktorarbeit, mit der sie auch ihren Doktortitel erwarb. Es war die erste psychoanalytische Doktorarbeit überhaupt! Für Freud musste es ein akademischer Triumph gewesen sein, da er zu diesem Zeitpunkt noch sehr um die wissenschaftliche Anerkennung seiner Theorien kämpfte. Mit dem Abschluss als promovierte Ärztin und anerkannte Psychoanalytikerin verließ Sabina Spielrein den deutschsprachigen Raum und kehrte zurück in ihre Heimat Rostov am Don. Dort heiratete sie einen Kinderarzt, bekam zwei Kinder und lebte nach außen hin ein unspektakuläres Leben. Jedoch forschte sie weiter im Bereich der Kinderpsychoanalyse und veröffentlichte viele Fachartikel, so dass sie im psychoanalytischen Kreis um Freud ihr hohes Ansehen behielt. Heute sind ihre Fachartikel nur noch einem kleinen Kreis von Fachleuten bekannt. Sie hätte sicherlich auch heute einen höheren Bekanntheitsgrad, vergleichbar mit Anna Freud oder Melanie Klein, wenn sie nicht als Jüdin gemeinsam mit ihren beiden Töchtern Renata und Eva und 25.000 weiteren Juden 1942 in Rostov am Don erschossen worden wäre.

Warum ermunterte mich Euler die Tagebücher dieser Psychoanalytikerin zu lesen, die ich in einer sehr alten Ausgabe aus der Bonner
Universitätsbibliothek ausleihen konnte. Ich las sie und vergaß das
meiste wieder, obwohl ich durchaus meinte, Parallelen zwischen ihr
und mir festzustellen: So wie Spielrein war ich jung, nicht unattrak-
tiv, intelligent und auch finanziell gesichert. Später habe ich mal auf
einem Kongress den Begriff des VIP-Patienten gehört, der jedem
Therapeuten über eine längere Zeit ein gutes Auskommen ermög-
lichte, je mehr solcher Patienten desto besser. Dabei handelt es sich
aber nicht um bekannte oder prominente Klienten. Die drei Groß-
buchstaben stehen für: V = Vermögend; I = Intelligent und P = Persönlichkeitsschwach. Diese dritte Charaktereigenschaft ermöglicht
es jedem perfiden Therapeuten diese Patienten zu steuern, wenn
nicht sogar zu manipulieren. Aber das kam alles sehr viel später in
mein Bewusstsein, nachdem ich mich bereits von Euler getrennt
hatte. Es hatte sicherlich seinen Grund, warum ich den Inhalt dieser
Tagebücher gar nicht so sehr an mich heranließ. So blieben mir lediglich die Umstände ihres gewaltsamen Todes in Erinnerung. Ich
erkannte darin eine Parallele: ihr Sterben. Ich hatte es geträumt. Im
Nachwort der Tagebücher wurde es erwähnt. In einem Traum, der
sich zu Beginn meiner Therapie einstellte: In einer zerfallenen Ruine werde ich zusammen mit zwei weiteren Personen von einem mi-
litärischen Erschießungskommando getötet. Drei Einschläge in die
Brust haben mich aus dem Traum aufwachen lassen, zitternd und
schweißgebadet. Euler nannte es einen Initiationstraum, der anzei-
gen würde, dass ich bereit wäre für einen Neuanfang in meinem Leben. Irgendwie fand ich diese Erklärung etwas spärlich. Historisch
bekannt ist, dass Sabina Spielrein als Jüdin mit ihren beiden bereits
fast erwachsenen Töchter in Rostov am Don, in der heutigen Ukraine, im Zweiten Weltkrieg in einer Ruine erschossen worden war.

Sabina Spielrein begegnete mir noch ein zweites Mal. In Budapest auf einem Kongress der psychosomatischen Therapeutenszene. Nach drei oder vier Jahren unseres Zusammenseins, Therapie konnte ich es nicht mehr nennen, da ich ihm nichts mehr bezahlte, sondern von ihm ein Honorar als »Studentische Hilfskraft« erhielt, schickte er mich an seiner Statt auf die Kongresse, die er gebucht und bezahlt hatte. So kam ich auf diesen Kongress in Budapest, auf dem mir das erste Mal auch russische Therapeuten begegneten. In einer Kaffeepause am Stehtisch stand ich mit einer solchen Therapeutin zusammen, von der ich wusste, dass sie aus Rostov am Don angereist war. Ein kleiner Smalltalk bot sich an:

»Hello, you are from Rostov? The town, where Sabina Spielrein lived. Have you heard about her?«

Die Russin starrte mich an. Zögerte kurz, bis sie raushaute: »You are Sabina Spielrein! Don´t you know that?«

Für einen kurzen Moment hielt ich die Luft an. Ich nahm keinerlei Bewegung war. Meine Augen fixierten die Kaffeetasse, die vor mir stand. An wen war ich denn da geraten? Ich atmete tief aus und antwortete:

»Okay, well – have a nice day.« Und weg war ich. Das war verrückt, das war irre. Die brauchte selbst einen Psychiater. Für den Rest der Kongresszeit mied ich diese Dame tunlichst.

Es hatte wohl seinen Grund, den ich nicht kannte, aber ich erzählte Euler nichts von diesem Vorfall, obwohl ich es mir sonst nicht nehmen ließ ihm anschließend alles haarklein zu berichten. Oft genug saßen wir dann im Restaurant des fünf Sterne Hotels neben der Wohnanlage, in der er wohnte, tranken nicht selten zusammen ein oder zwei Flaschen Wein und Cognac und ließen es uns gut schmecken. Auf die Idee, dass er mich auf diese Weise am Nachhausefahren hindern wollte, bin ich überhaupt nicht gekommen. Ich fuhr immer konsequent von Bonn nach Köln zurück, wo ich mittlerweile studierte und wohnte. Glücklich, zufrieden und erfolgreich. Ich war gut in meinem Studium, fiel den Professoren durch gute Haus- und Seminararbeiten auf. Ein sehr anspruchsvoller Literaturprofessor machte mir sogar das Kompliment, dass ich, wenn ich so weiter schreiben würde, es noch weit bringen könnte. Endlich fühlte ich mich angekommen und wertgeschätzt.

Als das Seminar händeringend Dozenten für den Literatur- und Sprachwissenschaftlichen Bereich suchte, erzählte ich dies meinem Mentor Dr. Euler. Er zeigte sich sehr interessiert und bat mich, beim geschäftsführenden Professor anzufragen, welche Unterlagen er einreichen müsse, um einen Lehrauftrag zu erhalten. Gesagt, getan. Die Unterlagen machte ich für ihn fertig, brachte sie in das Seminar-Sekretariat und empfahl ihn mit voller Begeisterung. So konnten wir auch noch an der Uni zusammenarbeiten. Für mich konnte es nichts Schöneres geben. Ich liebte diese »Kopforgasmen«, die sich einstellten, wenn sich in einem Denkprozess für ein Schriftstück jedweder Art eine zündende Idee einstellte. Dass es vielleicht noch andere Orgasmen geben könnte, auf die Idee war ich immer noch nicht gekommen.

Ich war viel zu beschäftigt: Mein Studium, meine Arbeits- und Reiseaufträge von IHM, das Lesen seiner empfohlenen Bücher und dann sein Großauftrag: WIR machen eine Exkursion nach Krakau, Lemberg und Cernowitz im Rahmen des Literaturwissenschaftlichen Seminars Deutsch-Jüdische Literatur zur Zeit der K.-u.-k.-Monarchie. Wir wollten die Wirkungsstädte der großen Literaten Paul Celan, Rose Ausländer und Joseph Roth besuchen. Diese literaturwissenschaftliche Exkursion sollte ich vorbereiten und ach ja, wir könnten dafür auch Fördergelder bei der Robert-Bosch-Stiftung beantragen. Ich hatte alles alleine organisiert: Die Ausschreibung dieser Veranstaltung, die Info-Veranstaltung für die Interessierten, die Themenverteilung für die Referate, die während und nach der Reise von den teilnehmenden Studenten gehalten werden sollten. Die Kontakte nach Krakau, Lemberg und Cernowitz habe ich gefunden und geknüpft, die Reiseverbindungen und Fahrkarten gekauft, Unterkünfte organisiert und das Programm während des Aufenthaltes geplant. Um die Visa-Erteilung habe ich mich auch gekümmert. Der Förderantrag für die Robert-Bosch-Stiftung floss mir erfolgreich aus der Feder: Wir erhielten einen Zuschuss über 10.000 DM, so dass wir die Exkursion relativ kostengünstig anbieten konnten und 18 Teilnehmer fanden.

Und natürlich war das alles zu viel. Ich brach zusammen. Nach einem gemeinsam mit Euler geleiteten Seminar wollten wir noch zusammen einen Kaffee trinken gehen. Ich beklagte mich bei ihm auf dem Weg dorthin über die viele Arbeit; dass ich das alleine nicht schaffen könnte und ich dachte, dass wir das gemeinsam vorbereiten würden, stattdessen erhielte ich nur Aufträge, die ich dann irgendwie erledigen sollte. Wie so oft ging er gar nicht darauf ein, sondern warf mir mein zickiges Verhalten im Seminar vor: Ich hatte mich doch nur gewehrt. Wollte nicht noch mehr Arbeit aufgehalst bekommen. Ja klar, Frau Moser kümmert sich darum, dass der Seminarschein anerkannt werden würde. Da war mir der Kragen geplatzt und ich hatte laut gefragt, wann ich das denn noch machen sollte. Nach dieser Kritik von seiner Seite tobte ich vor Wut und Enttäuschung: Ich knallte meine Taschen auf den Boden, ließ mich daneben fallen und brach in Tränen aus. Und das mitten auf dem Gehweg vor der Universität.

Ja, und was machte er? Richtig, er ging einfach weiter in Richtung Café. Das erschütterte mich auch nicht mehr zusätzlich. Das kannte ich: mit einem kleinen schreienden Kind, in das ich mich in diesem Augenblick verwandelt hatte, wollte er nichts zu tun haben. Nachdem ich mich wieder beruhigt hatte, stapfte ich hinterher, setzte mich zu ihm an den Tisch und bestellte mir einen Cognac, den er bezahlte. Er schien ein Einsehen gewonnen zu haben, denn er schlug mir vor, noch eine weitere Hilfe an meine Seite zu stellen, die mich unterstützen sollte. Er dächte da an einen schon etwas älteren Studenten aus dem und dem Seminar. Mir blieb die Luft weg. Dachte er dabei etwa an diesen Detlef S., diesen Hippie-Schnösel, der mich ständig nach Dr. Euler ausfragte? Genau den meinte er. Ja, warum denn ausgerechnet den? Ein ewiger Langzeitstudent, der sich seinen Unterhalt mit Taxifahren verdiente, der so intellektuell war wie eine Straßenlaterne und sich nur von ihm, also Dr. Euler, die Seele erklären und streicheln lassen wollte. Jeden anderen oder meinetwegen auch jede andere, aber nicht diesen ungepflegten Hippie-Chauvinisten. Diese Gedanken tobten durch meinen Kopf. Laut sprach ich meine Bedenken gemäßigter aus: »Glauben Sie, dass er dafür die nötigen Voraussetzungen mitbringt?« Auf meine Frage ging er gar nicht ein. Es blieb bei seiner Entscheidung. Fortan ließ sich Dr. Euler von diesem Schnösel mit dem Taxi von Bonn nach Köln fahren und wieder zurück. Schnösel lechzte nur danach, mir die Arbeit für das Projekt vollständig aus der Hand zu nehmen, von wegen assistieren. Er wäre ja jetzt der offizielle Assistent von Herrn Dr. Dr. Dipl. Euler und nicht meiner. Aber er bekam meine Unterlagen nicht. Ich machte mein Ding weiter. Sollte er doch Aufträge von Euler erhalten, das ging mich nichts an. Schnösel heulte sich wohl bei Euler aus, denn dieser versuchte tatsächlich in einem Dreiergespräch zu schlichten. Aber in diesem Gespräch wurde ich dann wirklich mal richtig zickig. Das Projekt gab ich nicht aus der Hand, aber die Seminarassistenz, die durfte gerne dieser Langzeitstudent übernehmen. Es war mir eine riesige Genugtuung, als ich nach ein paar Wochen hörte, dass die Seminare bei Dr. Euler sehr langweilig geworden waren. Kein Wunder: Euler bereitete ja nichts vor. Das war Sache des Seminarassistenten. Aber die Rache von Euler war mehr als gemein, sie brachte mich an die Grenze meiner Belastbarkeit. Und alle, die das mitbekommen hatten, wunderten sich und staunten sehr über mein Durchhalten.

Das Projekt war mein Baby, das war unser Baby. Eine gemeinsame Reise in das Land der Bücher, das Land, in dem die Bücher wie Menschen waren, die Wiege des Chassidismus, Baal Chem Tov auf der Spur. All diese Themen verbanden uns doch. Euler hatte mich zu der Wiedereröffnung der Münchener Liberalen Synagoge geschickt. Ich fuhr dorthin und fühlte mich wie zu Hause. In der Synagogenversammlung heulte ich Rotz und Wasser, so dass mich andere Besucher fast mitleidig ansahen. Sie dachten wohl, ich sei eine Holocaust-Nachfahrin. Mit einigen kam ich auch ins Gespräch. Ich hatte eine ausgeprägte Affinität zum Judentum, geprägt von meinem Elternhaus, in dem es immer auch um das Judentum ging, das die Nationalsozialisten versucht hatten zu vernichten. Meinen Vater trieb die Frage um, warum die Juden das mit sich hatten machen lassen. Warum hatten sie sich nicht gewehrt. Sie waren Opfer, so wie er sich als ein Opfer der Bundesregierung verstand, das sich nicht hatte wehren können. So gab es viele Bücher in unserem Haus von und über Juden. Ich hatte das alles in mich aufgesogen, noch bevor ich Euler kennenlernte. Zwei Jugendbücher zur jüdischen Thematik hatten es meiner Seele besonders angetan. *Als Hitler das rosa Kaninchen stahl* und *Damals war es Friedrich*. Beide Bücher erzählen die Schicksale jüdischer Kinder während der Zeit der Nationalsozialisten. In dem Buch *Als Hitler das rosa Kaninchen stahl*, handelt es sich um eine jüdische Familie, die mit ihren beiden schulpflichtigen Kindern aus Deutschland in die Schweiz flüchtete, die Kinder ihre Kindheit in Deutschland zurücklassen mussten, aber in der Schweiz im Schutze ihrer Eltern ein neues Leben aufbauen konnten. Das andere Buch *Damals war es Friedrich* erzählt den Verlust der Kindheit brutaler: Die Hauptfigur verliert nicht nur seine

Kindheit, er verliert seine Eltern und am Ende auch sein Leben. Die Geschichte von Friedrich ging mir näher, ich las sie mehrfach und jedes Mal heulte ich um ihn. Diese beiden perfekt anmutenden Kinder aus dem anderen Buch, die schließlich in Sicherheit gebracht worden waren und auch noch ihre Eltern hatten, die sich um sie kümmerten, erweckten nicht mein Mitleid. Ihre Geschichte war auch tragisch. Kein Kind verliert freiwillig ohne innere Nöte sein Zuhause für immer. Aber sie wurden geliebt. Sie hatten ihre Eltern, die alles versuchten, um ihnen eine Kindheit zu ermöglichen. Darauf war ich neidisch. Was mich aber trotzdem an diesem Buch faszinierte, war die Tatsache, das nicht nur einzelne, sondern sogar ganze Familien vertrieben wurden. Dass es dieses Anderssein gab, dass es das Jüdischsein seien musste, dass zu diesen Vertreibungen geführt hatte. Ich fühlte mich auch vertrieben aus meiner eigenen Familie. Wurde ich vertrieben, weil ich anders war? Weil ich »jüdisch« war? Waren das die Verbindungen, die sich unbewusst in mir verankerten, als ich diese Bücher und noch viele andere über das Anderssein eines ganzes Volkes gelesen hatte? Wenn du jüdisch bist, wirst du vertrieben. Wenn du vertrieben wirst, bist du jüdisch. Diese Thematik um das Judentum gab mir den Halt, den ich brauchte, um in einer Familie bestehen bleiben zu können, in der ich mich überflüssig fühlte, in der ich das fünfte Rad war, das kein Auto wirklich brauchte. Es war ein anderer jüdischer Therapeut, der mir später mal erklärte, warum wir uns direkt gut verstanden: Ebenso wie er sei ich eine Exilantin. Er sei auf der geografischen Ebene, von Deutschland nach Holland, ins Exil gegangen, und ich sei auf der emotionalen Ebene, weg von der eigenen Familie hin zu einem Fremden, ins Exil gegangen. Solche Exilerfahren verbinden unbewusst und seien sehr starke Verbindungen. War Euler auch ins Exil gegangen? Ich wusste es nicht.

Die paar Studenten, die da mitreisen wollten in das Land der Bücher, störten mich nicht. Aber Schnösel! Der fuhr natürlich auch mit. Und Euler und er verhielten sich wie alte Freunde. Das war seine Rache. Er kümmerte sich überhaupt nicht um mich, behandelte mich wie Luft. Das fiel auch anderen auf und die Stimmung in der Gruppe war nicht entspannt. Dafür machte mich Euler dann auch noch verantwortlich. Es war die Hölle für mich und in der Hölle von Auschwitz konfrontierte ich Euler mit meinen Gefühlen. Ich erklärte ihm völlig schnörkellos, dass ich ihn lieben würde. Wir standen vor dem riesengroßen Haufen von Schuhen der Opfer, starrten darauf und ich dachte nur *Scheiße!* Er denkt jetzt bestimmt an die Angehörigen seines Volkes und vielleicht auch an seine Familie, die hier ihr Leben lassen musste und ich platze hier mit einem Liebesgeständnis heraus. Tapfer und unsagbar beschämt wartete ich auf eine Reaktion von ihm, egal wie sie ausfallen würde. Aber, wie konnte es anders sein, er blieb sich treu und sagte auch zu diesem meinem Bekenntnis nichts: NICHTS!!! Worte bedeuteten eben nichts! Aber auch gar nichts. Ich sagte nichts mehr. Ich konnte mich beherrschen. Waren wir nicht in Auschwitz, einem Ort, an dem Menschen noch viel größere Qualen erleiden mussten?

Es kam ein Aufruf zum Verlassen der Anlagen, da die Öffnungszeiten endeten. Wir gingen gemeinsam durch eine Glastür nach draußen. Dann schlug jeder von uns einen anderen Weg zum Bus ein. Ich rechnete damit, dass er jetzt bestimmt nichts mehr mit mir zu tun haben wollte. Aber ich täuschte mich. Er schlug noch einmal zu auf dieser Reise!

Es war auf unserer letzten Station: Cernowitz. Wir waren in dem großen Hotel für ausländische Gäste untergebracht, das wir uns leisten konnten, weil wir ja gefördert wurden. Ich teilte das Zimmer mit dem deutsch-polnischen Reiseführer Pawel; Euler mit Schnösel. Alles verlief wie am Schnürchen, keine Pannen; selbst die spontanen

Sonderwünsche von Euler konnte unser Reiseführer umsetzen, so fuhren wir außerplanmäßig mit einem Charterbus nach Brody auf eine große jüdische, halbverwüstete Friedhofsanlage. Es gibt die österreichische Redewendung: Verlassen wie in Brody. Brody war einstmals eine kaiserliche Garnisonsstadt und davor ein geistiges Zentrum im Osten des österreichischen Kaiserreiches, geprägt von einem jüdisches Schtetel, in dem der Schriftsteller Joseph Roth das Licht der Welt erblickte. Diese Stadt wurde nach dem Ersten Weltkrieg von den Österreichern vergessen, im Zweiten Weltkrieg fast zerstört, keine einzige der vielen Synagogen blieb unversehrt. Das jüdische Leben verließ Brody. Und so wie die Österreicher es ausdrücken, fühlte ich mich: verlassen wie in Brody. Diese Stadt spiegelte meinen Seelenzustand wider: überall Ruinen, unbefestigte Straßen, vertrocknete Bäume um den Marktplatz herum, auf dem sich mehrere verarmt aussehende Menschen aufhielten. Eine heruntergekommene ältere Frau mit extrem dicken Beinen, mit denen sie sicherlich nicht mehr laufen konnte, saß am Rand des Platzes. Ich fing ihren Blick auf und sofort schossen mir die Tränen in die Augen. Ich widerstand dem Impuls mich neben sie zu setzen und wendete mich ab. Alle Teilnehmer hielten sich in Kleingruppen in der Stadt auf. Ich blieb allein. Das war mir nur recht. Ich wollte mit all dem nichts mehr zu tun haben, er hatte es fertig gebracht: ich war fertig. Doch noch war ich in der Rolle der Organisationsleiterin. Nach wie vor wurde ich von den anderen Teilnehmern angesprochen, wenn es irgendwelche Fragen gab, so auch auf dem jüdischen Friedhof. Die Zeit wurde knapp, wir hatten den Bus für eine gewisse Zeit gechartert, der Busfahrer wollte und sollte zu einer bestimmten Uhrzeit wieder in Cernowitz sein. Interessierte das einen Dr. Dr. Dipl. Euler und einen Schnösel? Nein! Die beiden verschwanden auf der großen Anlage, waren nicht mehr zu sehen und auch nicht am ausgemachten Treffpunkt zur festgelegten Zeit. Nach einer halben Stunde übersetzte mir

Pawel, dass der Busfahrer sehr nervös werde. Ich schlug vor, der Bus solle mal ein paar Meter fahren. Vielleicht würden die beiden Vermissten das sehen und sich dann Richtung Bus sputen. Als das nicht zum erwünschten Erfolg führte, regten sich die anderen Studenten über dieses rücksichtslose Verhalten der beiden Herren auf. Ich wurde darauf angesprochen. Was die denn da so lange machen würden? Ja, woher sollte ich das denn wissen? Abgemeldet hatte sich keiner bei mir. Dann wurde laut überlegt, ob da zwei warme Brüder unterwegs wären. Warme Brüder!? Homosexualität! Ja, vielleicht war das des Rätsels Lösung! Euler konnte mir gegenüber nicht zugeben, dass er homosexuell sei. Deshalb mied er mich wie die Pest und entspannte sich bei Schnösel. Uns verband etwas, die jüdische Thematik und da passte Homosexualität, meines damaligen Wissens nach nicht dazu. Er hatte mir auch gegenüber nie irgendwelche sexuellen Andeutungen gemacht. Das Thema Sexualität war während meiner Therapiezeit nicht aufgekommen oder ich hatte es nicht mitbekommen. Nur einmal war es mir aufgefallen, als ich mir Gedanken darüber machte, wieso in seinem Haushalt zwei Palästinenserinnen oder auch Israelinnen leben durften, ohne weitere weibliche, ältere oder männliche Begleitungen. Er hatte mich zu einem Erklärungsversuch herausgefordert. »Na,«, erklärte ich. »da kann es nur eine Lösung geben. Sie sind schwul und weil die Familie dieser jungen Frauen das weiß, sehen sie auch deren Ehre nicht gefährdet.« Er musste damals grinsen und erwiderte: »Das gilt es noch herauszufinden.« Hä, was wollte er mir damit sagen? War das ein angedeutetes sexuelles Interesse? Ich konnte es nicht fassen. Aber ich konnte es ignorieren.

Diese Überlegungen entspannten mich ein wenig, aber ich entschied mich trotzdem, mich von ihm zu trennen. Sein Schweigen konnte ich nicht mehr ertragen. Ich wollte nicht mehr rätseln, warum er was und wie mit mir machte. Mein Entschluss stand fest und ich hatte das Gefühl wieder durchatmen zu können.

Jedoch machte ich den Fehler und sagte ihm das auf unserem letzten Programmpunkt, einen abschließenden Spaziergang durch das abendliche Cernowitz mit einem Deutsch sprechenden jüdischen Holocaust-Überlebenden. Auf meine Ankündigung, mich von ihm zu trennen, reagierte er tatsächlich, jedoch schockte er mich damit endgültig. Seine Antwort: »Geben Sie doch endlich Ruhe. – Das Experiment ist eben gescheitert.«

Ich möge endlich Ruhe geben, das Experiment sei gescheitert! Experiment? Was für ein Experiment? So was sagte er, nachdem wir Auschwitz besucht hatten? Mir blieb die Luft weg. Ich sah und hörte nichts mehr. Wir befanden uns an der Spitze der Gruppe. Ich konnte nicht stehenbleiben, die anderen wären auf mich drauf gelaufen. Ich drehte ab. Ich musste weg. War er ein Monster? Warum sagt er so was? Hilfe, ich kann nicht mehr. Wer bin ich denn? Ich reise sofort ab! Ich drehte mich tatsächlich um 180 Grad um und ging in eine Seitenstraße. Die Seitenstraße mündete auf einen großen Platz, auf dem ein paar Taxis standen. Ich wollte nur noch weg. Meine Sachen waren im Hotel. Also zurück ins Hotel. Mit dem Taxi. Der Taxifahrer, in dessen Auto ich stürmte, erkannte meinen Ausnahmezustand. Auf Englisch konnte ich ihm sagen, wohin ich wollte und dann kämpfte ich mit meiner Fassung. Ich wollte nicht in einem Taxi zusammenbrechen. Diesen inneren Kampf musste der Taxifahrer mitbekommen haben, denn als wir am Hotel ankamen, wollte er tatsächlich kein Geld. So brachte er mich zum Lächeln. Das schien ihm wohl wichtiger zu sein als das Geld. In meinem Hotelzimmer brach ich zusammen. Ich heulte, ich tobte und schrie: Experiment, was für ein Experiment denn? War ich ein Versuchskaninchen für ein psychotherapeutisches Experiment: VIP-Patientin: vermögend, intelligent und persönlichkeitsschwach, wird ummodeliert zu einer erfolgreichen Therapeutin? So wie Jung mit Sabina Spielrein gearbeitet hatte. Sollte ich deshalb deren Tagebücher lesen. Wollte Euler das mit mir wiederholen, aber ausschließlich auf professioneller Ebene ohne Sexualität, ohne Erklärungen. Sah er mich nur als eine Idealbesetzung für einen Plan, der seinem Größenwahnsinn entsprang. War er doch nur meine sozial-psychiatrische Begleitung für sein EXPERIMENT. Keinerlei persönliches Interesse, keinerlei Gefühle für mich. Wie kann er mich manipulieren, mich so quälen und ins Messer laufen lassen. Wie konnte er so mit einer jungen Frau umgehen? Dieser alte schwule Sack.

Erschöpft verfiel ich in eine Schluchzphase bis Pawel kam. Okay, funktionieren war wieder angesagt. Ja, mir sei schlecht geworden, ich sei mit dem Taxi früher ins Hotel gefahren, jetzt ginge es wieder, aber nein, zur Abschiedsrunde unten in der Hotellobby wollte ich dann doch nicht, die Übelkeit sei noch da. Pawel ging wieder. Es tat mir gut zu erfahren, dass einige Teilnehmer und Teilnehmerinnen sich um mich sorgten. So sprach mich eine ältere Studentin beim letzten Frühstück vor der Heimreise im Auftrag der anderen Teilnehmer an, ob ich Unterstützung bräuchte. Ich kotzte mich über diesen Schnösel aus, was sie durchaus nachvollziehen konnte. Aber sie wollte natürlich auch erfahren, welches Verhältnis ich denn mit dem Euler gehabt hätte. Dass sich da eine Trennung vollzogen hatte, haben ja alle schon im Vorfeld der Reise mitbekommen. Im gesamten Seminar gingen alle davon aus, dass wir ein Paar seien. Das wusste ich von meiner Freundin, die mit mir zusammen auf Lehramt studierte. Tja, da blieb ich ihr ehrlich eine Antwort schuldig. Ich wusste es wirklich nicht. Dass ich vor langer Zeit sogar seine Patientin war, verschwieg ich. So reiste ich waidwund, aber mit gut gemeinter Unterstützung der Truppe nach Hause zurück.

Wir fuhren mit der Eisenbahn von Cernowitz über Krakau und Berlin nach Köln. Kurz vor Köln begann die Dankesrunde. Eine mir sehr sympathische junge Studentin war die Sprecherin und bedankte sich bei Herrn Dr. Euler für dieses tolle Angebot der Exkursion in die Literatenwelt der K.-u.-k.-Monarchie. Aber sie dankte auch mir mit klaren Worten für die Arbeit, die ich geleistet hatte und überreichte mir als Dankeschön von allen zwei Schmuckstücke aus Krakau: Ein kleiner Ring mit passender Armkette. Euler bekam nichts! Ich habe mich sehr gerührt bedankt. Als Euler dann auch noch meinte ein paar Worte sprechen zu müssen, musste ich ganz dringend auf die Toilette. Ich verließ den Großraumwagen und flüchtete auf das WC. Egal, was er jetzt sagen würde, ich konnte es nicht mehr verstehen, konnte es nicht mehr ertragen. Wohlmeinende Worte, die auch mich lobend erwähnen würden. ????? So kalt wie er mich behandelt hatte. Ich wollte nicht einfach nur als Organisatorin von ihm gewürdigt werden. Ich fühlte mich dem nicht mehr gewachsen. Meine Toleranz war endgültig ausgereizt. Dann nichts wie raus, weg. Die Toilette war ein sicherer Raum. Ich wollte nichts mehr hören, was ich nicht mehr einordnen konnte. Euler fand das sehr unhöflich. Dies teilte er mir später bei einem Nachtreffen zu dieser Veranstaltung noch mit. Über uns sprechen konnte er nicht, aber mir Vorwürfe machen, das konnte er. Auf dem Nachtreffen, das in der Privatwohnung eines teilnehmenden Seniorstudenten stattfand, sprach er mich an, privatissime folgte er mir auf den Balkon, wo ich eine Zigarette rauchen wollte. Jetzt kommt was, dachte ich mir, als ich ihn mir folgen sah. Misstrauisch und aggressiv nahm ich es wahr, erwartete nichts Gutes mehr für mich. Vielleicht wieder so einen Scheißarbeitsauftrag, mit dem er Schnösel nicht belasten wollte.

»Was ich nur kurz anmerken wollte, ich fand es nicht in Ordnung, dass Sie im Zug aufgestanden und weggegangen sind, als ich die abschließenden Worte für alle sprach. Das war sehr taktlos.« Du Arsch, habe ich deine Eitelkeit verletzt oder sagst du mir jetzt wieder indirekt, dass auch für mich etwas Klärendes dabei gewesen wäre. Laut erklärte ich, dass ich seit Cernowitz einen Darminfekt gehabt hätte und gerade noch die Worte der Studentin Michaela abwarten konnte, um dann dringend auf die Toilette gehen zu müssen. Es habe herzlich wenig mit ihm zu tun gehabt. Und ich sähe es wirklich nicht ein, warum ich mich dafür entschuldigen sollte. »Warum sind Sie mir gegenüber eigentlich so aggressiv und im nächsten Augenblick zu den anderen so nett. Das verstehe ich nicht.« »Wenn Sie das nicht verstehen, sind Sie doch der Kranke.«, war meine Antwort, die ich ihm leise entgegen zischte, weil weitere Raucher auf den Balkon drängten. So viel Persönliches hatten wir seit Monaten nicht miteinander ausgetauscht.

Nach diesem Treffen bereitete ich mich auf mein erstes Staatsexamen vor. Da ich mich nicht mehr bei Euler meldete und auch keine Arbeitsaufträge mehr von ihm erhielt, verfügte ich trotz Examensvorbereitungen über viel Zeit. Ich stürzte mich ins studentische Leben, traf mich mit anderen Studenten, ging zu Partys und fand sehr schnell Kontakt zu anderen gleichaltrigen jungen Männern. Ich hatte wieder hier und da meine Sexualkontakte, die mich aber nicht ausfüllten. Ich erlebte es als Gymnastikübungen, die halt zu einer Partnerschaft dazugehörten. An der Uni liefen mir Euler oder Schnösel manchmal über den Weg. Ich vermisste ihn, vermisste das wortlose Zusammensein, die Blicke, die er auf mir ruhen ließ, das zusammen Essen gehen, das nie verabredet war, sondern von ihm spontan ermöglicht wurde: Haben Sie noch etwas Zeit, wollen Sie mich zum Essen begleiten? Aber ja doch, immer gerne. Dafür hatte ich immer Zeit. War es doch immer eine ausgesuchte Küche, zu der er mich einlud. Dabei unterhielten wir uns über Gott und die Welt oder über mich. Nie über ihn. Er regte mich auch zu neuen Themen an: Lesen Sie Moses Mendelssohn, Ludwig Börne, Edmund Hussel, Hanna Arendt, Benjamin Walter und viele mehr aus der jüdischen Geisterwelt.

Meine Verzweiflung über unsere Trennung wurde so groß, dass ich wieder anfing zu hoffen, dass er sich bei mir melden würde. Ich hatte noch einige Unterlagen von ihm. Auch Hausarbeiten von Studenten, die ich gelesen haben sollte, damit er seine Unterschrift unter den Studienschein setzen konnte. Er oder eher Schnösel, einer von beiden müsste sich doch irgendwann bei mir melden. Bei dem Gedanken, dass es Schnösel sein könnte, verzweifelte ich: Das wäre so gemein, mir gar keine Chance mehr zu geben, mit IHM privat zu sprechen, mir noch einmal das Gefühl rein zu drücken, du bist ein Nichts, du bist zu nichts zu gebrauchen. Meine Hoffnung, dass wir wieder so zusammenfinden könnten, wie vor der Zeit mit Schnösel, verarbeitete ich in einem Gedicht, das ich ihm schickte:

Begegnung ist ein stilles Wort,
verhallt, verraucht in offenen Kanälen,
wenn nicht geformt in wirkender Umarmung.
Dann trifft sie doch, zieht ihre Spur
auf unerkannten Wegen.

Begegnung scheut, wer nicht erlebt
die Einigkeit in sich mit Außen.
Sie greift und wagt,
wer Offenheit begrenzt
im bodenfesten Trauen.

Was dann geschah? Nichts, was ich glücklich hätte meiner Freundin erzählen können. Der Anruf kam: Ich möge bitte vorbeikommen, mit den noch zurückzugebenden Hausarbeiten. Kein Wort zu dem Gedicht.
»Herr Euler, ich kann nicht mehr. Ich verstehe überhaupt nichts mehr. Ich bin kurz davor mich mit Ihrer Bekannten Frau Dr. Bergau

deswegen zu besprechen. Die kennt Sie und die kennt mich. Vielleicht kann sie mir etwas erklären.« Ich schaffte diese Sätze, zwar in einem etwas weinerlichen Ton, aber immerhin auszusprechen. Damit hatte er wohl nicht gerechnet.

»Ja, – das kann ich verstehen, aber wenden Sie sich bitte nicht an Frau Dr. Bergau. Ich suche Ihnen, bis Sie zu mir kommen, die Adresse eines sehr guten Mannes heraus, der Ihnen sicherlich helfen können wird. Also, dann bis morgen 17 Uhr.«, sprach es und legte auf. Aha, er hatte also meine Not mitbekommen. War ihm also klar, dass er da was kräftig verbockt hatte. Ich war ihm nicht völlig egal. Ich durfte über uns mit einem anderen Therapeuten sprechen. Das war Erleichterung, aber noch kein Glück.

Der gute Mann war Hans Keilson, jüdischer Psychoanalytiker der zweiten Generation, geboren 1909 in Bad Freienwalde, 1936 emigriert nach Holland, dort hatte er den Holocaust überlebt. Ein gütiger, freundlicher, hellwacher 90-jähriger Mann, stolzer Vater einer gut zwanzig-jährigen sehr schönen Tochter. Er lebte mit seiner Frau und seiner Tochter in Hilversum in den Niederlanden und hielt dort Audienz. Ich durfte kommen und ihm mein Weh klagen. Ihn erschütterte nichts mehr. Wir rauchten zusammen Zigarre und dabei versuchte er, mich dazu zu bringen, mir meine Gefühle gegenüber Euler einzugestehen und zuzulassen. Und wenn er sie nicht erwidere, dann müsse ich daraus meine Konsequenzen ziehen. So einfach sei das. Ach ja, guter Mann, aber es kann und darf doch gar nicht sein, dass er mich auch liebt. Er muss doch auf Abstand bleiben. So, so, dann müssen Sie sich trennen. Ja, aber ich liebe ihn doch. So drehten wir uns im Kreise.

Wie konnte ich in eine solche emotionale Abhängigkeit zu meinem Therapeuten geraten?

Da kommt eine 24-jährige Frau zu einem Therapeuten und bleibt 9 Jahre unter sehr seltsamen Bedingungen. Im ersten Jahr der Therapie kommt sie jeden Tag morgens um 5:30 Uhr zur Therapiesitzung. Sie ist die erste Patientin des Tages und er ist selten richtig wach. Aber es war die einzige Zeit, in der sie ihre Wut erzählen konnte, die ihre Weinkrämpfe auslösten. Aber warum war sie so wütend, so verzweifelt? Sie wusste es nicht. Es war doch alles gut: Sie kam aus einer kinderreichen Familie, ist die jüngste von vier Schwestern. Finanzielle Sorgen gab es nicht. Der Vater ein hoher Beamter in einem Bundesministerium, die Mutter Vollzeitlehrerin. Sie selbst hatte, wie alle ihre Schwestern, das Abitur gemacht, nur sie war die einzige der Schwestern, die nicht an die Universität zum Studium ging, sondern eine Ausbildung in der Bonner HNO-Universitätsklinik absolvierte, danach trat sie ihre erste Arbeitsstelle in Duisburg an, wechselte nach einem Jahr an die Kölner Universitätskinderklinik, wo sie psychisch zusammenbrach. Sie konnte keine Gründe nennen, warum das geschehen war. Der Therapeut empfahl ihr, ihre eigene kleine Wohnung aufzugeben, um wieder in das Elternhaus zurückzukehren: Spurensuche. Was spielte sich zu Hause ab, welches Verhältnis bestand unter den Familienmitgliedern? Im Morgengrauen konnte sie davon erzählen. Termine zu anderen Uhrzeiten waren selten hilfreich, da sie dann emotional dicht war. Gepanzert, versteinert vom Tagesgeschäft. Sie sprach dann nicht mehr authentisch, sondern mechanisch und bediente die Erwartungen des Tages, sie hatte ihr Selbst bereits nach 8 Uhr morgens verloren und agierte nur noch als Marionette.

Wie war sie zu dieser maskenhaften Erscheinung geworden, jung, gut aussehend, intelligent, emotional verhungert?

Weil ihre ganz Kindheit ein Trauma war! Das erkannte sie bald, nachdem sie wieder zu Hause eingezogen war. Sie hatte nicht ein bestimmtes Trauma erlebt, sondern sie hatte eine traumatische Kindheit überlebt. Du darfst nicht stören, das war die Grundmaxime ihres

Lebens. Hineingeboren als jüngste und fünfte Tochter nur 13 Monate nach einer Zwillingsgeburt in ein Leben mit einer kraftvollen, dominanten, aber depressiven Mutter und einem sprachlosen Vater, der dennoch seinen hohen Posten als Ministerialrat bekleidete, allerdings ohne den Posten aktiv auszufüllen. Er ging zum Schein dorthin. Es sollte alles in Ordnung sein. Was war los in dieser Familie? Es funktionierten doch alle, bis auf die jüngste Tochter. Nun gut, der Vater war mehrere Jahre schwer krank, zuletzt eine Gehirnembolie, die das neuronale Sprachzentrum zerstörte, als sie drei Jahre alt war. Das war eine große Belastung für die gesamte Familie. Da kamen sicherlich alle Mitglieder auf die eine oder andere Weise emotional zu kurz. Das jüngste kämpfte um Anerkennung, identifizierte sich mit dem Vater, der von der Mutter fast alle Aufmerksamkeit erhielt, und machte sich eine Sprechstörung zu eigen ähnlich der ihres Vaters. Sie konnte kurz nach dem Erwerb der Sprache nicht mehr fließend sprechen. Es war kein klassisches Stottern oder Poltern. Sie brach den Redefluss plötzlich ab, konnte nicht weitersprechen ohne zu hyperventilieren, wenn sie sich zwingen wollte. Keiner interessierte sich so wirklich für dieses Handicap in ihrem Erleben. Sie fühlte sich damit alleingelassen. Die Mutter tröstete sie mit der Aussicht, dass sich das schon auswachsen würde. Die mündliche Teilnahme am Schulunterricht war nicht möglich. Darunter litt sie die gesamte Schulzeit sehr, weil sie sich eigentlich beteiligen wollte. Mitunter ging sie mit Fuß- oder Bauchkrämpfen in die Schule. Ihre Fußsohlen verkrampften sich auf dem Schulweg in der Weise, dass sie ihre Füße nicht mehr abrollen konnte. Ihr Gang wirkte dann puppenhaft. Jedoch manchmal gelang ihr das Sprechen, das wirklich mit ihrem Bauchgefühl verbunden war, dann war sie mächtig stolz auf sich. Sie erzählte gerne, doch ihr Unterbewusstsein pfuschte ihr immer wieder hinein. Dies wurde ihr sehr schmerzlich bewusst, als sie als 12-jährige in der Karnevalszeit eine ganze Tischgesellschaft in der Leihbücherei ihres Ortes mit Witzen unterhielt. Dafür erhielt sie viel Lob und Anerkennung. Sie wurde zum nächsten Karnevalskaffee im Nachbarort eingeladen, um dort ihre Witze zu erzählen. Sie freute sich sehr darauf. Und scheiterte grandios. Kein fließender, pointierter Redefluss mehr, der für das Witzeerzählen wesentlich ist. Sie quälte sich ab mit dem Sprechen und alle wunderten sich über diese vermeintliche Stimmungskanone. Busfahrten in die nahegelegene Hauptstadt Bonn fielen ihr unsagbar schwer. Nicht weil sie das Busfahren an sich abschreckte, nein das Lösen des Fahrscheins beim Busfahrer vorne, ließ sie in Schweißausbrüche ausbrechen. Sie sollte sagen, wohin die Reise gehen sollte, wie ihre Zielstation heißen würde. Sie konnte es nicht. Sie konnte nicht sagen, wohin sie wollte. Aber weil sie etwas sagen musste, sagte sie oft einfach Endstation, auch mit der Konsequenz viel mehr bezahlen zu müssen als es gekostet hätte, wenn sie nur bis zu ihrer Zielstation die Fahrkarte lösen würde. So war ihr Alltag geprägt durch ständige Falschaussagen. Was sie ehrlich authentisch sagen wollte, kam nicht über ihre Lippen, sondern nur das, was mit ihr persönlich nichts zu tun hatte. Nur das, was irgendwie passte außerhalb ihrer selbst, konnte sie formulieren. Ihre Familienmitglieder fanden das albern, reagierten irgendwann nicht mehr auf ihr Klagen über ihre Sprechstörung, die sie seit früher Kindheit entwickelt hatte.

Wie wohltuend muss dann die Begegnung mit dem Therapeuten gewesen sein, der sie in ihrer Wahrnehmung ohne Worte verstand. Sie fühlte sich verstanden, erkannt allein durch seine Art und Weise wie er sie anschaute. Sie brauchte nichts zu erklären. Er wusste schon alles. Ihr Leiden, ihre seelische Not, ihre Verzweiflung darüber, dass sie sich selbst nicht kannte, kein Selbstbewusstsein entwickeln konnte, weil sie sich selbst des sprachlichen Ausdrucks beraubt hatte, um die Aufmerksamkeit zu bekommen, die jedes Kleinkind nun mal braucht und für die ihre Eltern beim besten Willen keine Energie mehr erübrigen konnten. Sie fühlte sich nicht mehr allein. Sie dockte an diesen Therapeuten an, weil er ihr das Gefühl gab, auch ohne Worte können wir uns verstehen; auch ohne Worte wirst du Anerkennung und Verständnis von mir bekommen und erhältst die Chance dich zu dem zu entwickeln, was du gerne sein möchtest.

Mit der Unterstützung durch einen weiteren Psychotherapeuten, Herrn Dr. Keilson, schaffte sie ihr Examen. Euler näherte sich ihr wieder ganz, ganz vorsichtig. Sie registrierte dies mit einer gewissen Genugtuung. War sie ihm also doch nicht völlig egal. Diese unselige Aussage von Euler, sie sei ein Experiment gewesen, bezeichnete Keilson als sehr unglücklich, wenn diese denn wirklich so geäußert worden war. Mit anderen Worten, dieser Therapeut konnte es nicht glauben. Aber das war nicht mehr so wichtig: ER kam wieder an gekrochen!

»Hätten Sie Zeit mich zu einer Veranstaltung zu begleiten, auf der ich etwas vortragen werde. Sie könnten für mich die Fragen notieren, die in der anschließenden Diskussion gestellt werden. Es wäre mir eine große Hilfe für die anschließende Nachbereitung.«, – oder: »Wollen Sie mich über das Wochenende nach Karlsruhe begleiten. Ich nehme dort an einer Fortbildung teil. Sie haben doch dort eine Schwester. Ich wohne im Hotel.«

Dieses Modell wiederholten die beiden auch für Bremen. Eine weitere Schwester von ihr lebte in Bremen. Sie übernachtete dort, er im Hotel. An den Veranstaltungsorten traten sie nie gemeinsam auf. Sie trafen sich erst zu den Essenszeiten in irgendwelchen Restaurants oder Cafés. Für die junge Frau war die Welt wieder in Ordnung: sie hatte wieder ihren Euler und war mit seiner Vorgehensweise sehr zufrieden. Und Schnösel? Schnösel war nicht mehr zu sehen. Auf ihre Frage, was er denn jetzt machen würde, ob er weiterhin für ihn arbeite, antwortete Euler sogar: »Der arbeitet nicht mehr für mich. Der hatte da was falsch verstanden.« So, so. Sie hätte natürlich liebend gerne weiter gefragt. Tat es aber nicht. Darauf hätte er bestimmt nicht geantwortet.

Im Seminar an der Uni quälte sich eine andere junge Studentin als seine Assistentin mit ihm ab. Als Susanne noch einmal nach ihrem Examen an der Uni war, trafen sie sich und die junge Studentin beklagte sich bitterlich über Euler: »Der sagt nie was, hält keine Termine ein; und sag mal, hat er dir das Honorar immer pünktlich überwiesen?« Sie tat Susanne wirklich leid.

Am Ziel ihrer Träume angelangt glaubte sie sich, als er ihr, fast nebenbei, vorschlug, dass sie sich bei einer bestimmten Lehranalytikerin für Kinder- und Jugendtherapeuten vorstellen sollte. Er hätte ihre Bewerbung schon vorbereitet. Diese sei informiert und erwarte ihren Anruf. Aber klar doch, mache ich, dachte sich Susanne. Ist doch selbstverständlich. Also doch: sie sollte in die Fußstapfen von Anna Freud und Sabina Spielrein treten. Ging das Experiment weiter?! Diesmal glaubte Susanne dafür bereit zu sein.

Der zweite Teil der Lehrerausbildung, das Referendariat, begann zeitgleich mit der Ausbildung zur Kinder- und Jugendpsychoanalytikerin am Psychoanalytischen Institut in Düsseldorf. Gleichzeitig fielen Euler wieder jede Menge Schreibaufträge für Susanne ein. Sie sahen sich wieder sehr oft. Entweder sie bei ihm in Bonn oder er kam in ihre kleine Wohnung in Düsseldorf. Aus der asexuellen Beziehung sollte dann sogar eine sexuelle entstehen: Der erste Beischlaf fand in einem Hotel in Bozen statt. Sie waren zum ersten Mal gemeinsam auf einem Kongress der Kinderärzte. Beide logierten sogar im selben Hotel. Am Abend tranken sie wie so häufig nicht wenig Rotwein. Euler kam in Plauderlaune. Er erzählte von seiner geschiedenen Frau, mit der er noch eine Rechnung offen habe und betonte mit Nachdruck, dass er es ihr mit gleicher Münze zurückzahlen wolle. Vor der großen Krise hätte sich Susanne das gar nicht vorstellen können, dass er nachtragend und rachsüchtig sein konnte. Aber nach dieser Erfahrung mit ihm konnte sie seiner Ex-Frau nur noch alles Gute und Stärke wünschen. Der ganze Abend verlief für Susanne in vertrauter Weise. Sie kam überhaupt nicht auf die Idee, dass er mit ihr gemeinsam in ein Zimmer gehen wollte. Er begleitete sie zu ihrem Zimmer und zog sie vor der Tür an sich heran und küsste sie auf den Mund. Da war Susanne doch für einen kurzen Moment überrascht. Aber sie ließ sich bereitwillig darauf ein und konnte ihren Körper reagieren lassen. Er drängte sie in das Zimmer, das sie noch aufschließen musste. Dort angekommen zog sich jeder für sich aus. Sie rissen sich also nicht gegenseitig die Kleider vom Leib. Susanne überlegte noch, ob sie vorher oder hinterher ihre Kontaktlinsen aus den Augen heraus nehmen sollte. Doch dafür ließ er ihr keine Zeit mehr und trieb sie auf das Bett. Dort rammelte er sich dann auf und in ihr ab. Gesprochen wurde natürlich nichts. Liebeserklärungen brachte keiner von beiden über die Lippen. Es kam Susanne eher wie eine Pflichtübung vor, die halt dazugehörte. Es wunderte sie nur, dass er eine Schwangerschaft riskierte. Er fragte nicht mal nach, ob eine Verhütung vorliegen würde.

Diese intime Zweisamkeit verlief bar jeglicher Romantik. Nachdem Aufwachen erklärte er, dass er nicht frühstücken müsse, eine Tasse Kaffee würde ihm reichen. Sie ging allein in den Frühstücksraum und genoss die für sie bis dahin wichtigste Mahlzeit des Tages. Natürlich fragte sie sich, wie es jetzt weitergehen würde, nach dem Ereignis, für das manche Menschen ein Königreich geben würden. Susanne war davon auch nach dieser Nacht weit entfernt. Aber würde sich das wiederholen, würden sie dann darüber sprechen, was sich jetzt vielleicht zwischen ihnen verändert haben könnte. Waren sie jetzt ein Paar? Sein Verhalten beantwortete diese Fragen: Eher nicht. Er kam noch zu einer Tasse herunter, um daran zu erinnern, dass er nicht die vollen drei Tage bleiben könne, er würde am späten Nachmittag abreisen. Dann war es auch Zeit zu gehen. Sie gingen schweigend, im gebührenden Abstand voneinander den kurzen Weg vom Hotel zur Kongresshalle. Im Foyer trennten sich ihre Wege, da er von anderen angesprochen wurde, Susanne aber nicht vorstellte. Daraufhin wandte sie sich genügsam ab, um die Büchertische zu studieren. Während der Vorträge saßen sie nicht zusammen, sondern sich gegenüber. Wie in einer Arena waren die Zuschauersitze im Halbrund nach oben aufsteigend angeordnet. So konnten sie sich gegenüber sitzen und den jeweils anderen frontal sehen. Das reichte, gesprochen hätten sie eh nicht miteinander. So erklärte sie sich die Situation. Susanne merkte noch nicht einmal, wie bizarr und seltsam das Verhalten Eulers war, sie war völlig überfordert: So gut, wie sie glaubte, sich verhalten zu sollen, wusste sie nicht, wie sie sich verhalten wollte. Sie fühlte sich so einsam wie eh und je, aber immerhin gehalten, da sie sich schon glaubend machte, dass Euler das Band zwischen ihm und ihr verstärkt habe. Hatte er doch, oder? Er hatte es. Der Geschlechtsakt gehörte ab jetzt zu ihren Arbeitstreffen dazu. Susanne absolvierte inzwischen den praktischen Teil ihrer Lehrerausbildung und wusste nicht, wie sie ihren Kollegen erklären sollte, warum sie ihren »angeblichen« Partner nie zu einem privaten Treffen mitbringen konnte, warum ihm die Arbeit offensichtlicher immer wichtiger sei. Ihr war schon klar, dass ihre Glaubwürdigkeit zum Thema Partnerschaft stark angezweifelt wurde. Sie zweifelte ja selber. Wiederholte sich schon wieder das Drama ihrer Herkunft: Gehörte sie zu ihrer Herkunftsfamilie, fühlte sie sich dazugehörig, oder nicht? Dieselbe Frage stellte sie sich jetzt wieder: Sie war am Ziel ihrer Träume angelangt: Partnerin eines intelligenten, zuverlässigen, alles verstehenden Mannes zu sein, dem sie bedingungslos vertrauen konnte. Aber wieder dieses Gefühl, eigentlich gehörte sie nicht zu ihm, in Wirklichkeit war sie doch immer noch außen vor, denn eine echte Privatsphäre gab es nicht zwischen ihnen. Susanne hatte ihr Privatleben in Düsseldorf, verdiente ihren Lebensunterhalt selbst, erledigte für ihn kleinere Aufgaben, die ihr wie geistige Bonbons vorkamen und seit Bozen stand sie ihm auch für die Abarbeitung seines Sexualtriebes zur Verfügung. Aus seinem privaten Umfeld, über seine Herkunft, seine Familie, seine Freunde erfuhr sie nichts. Seine Privaträume blieben für sie verschlossen. Sollte es ein weiteres Kapitel zum Thema Retraumatisierung werden: Sich zu Menschen emotional dazugehörig fühlen, die sich aber gar nicht für sie interessierten? Wollte Euler ein Kapitel aus dem wissenschaftlichen Lehrbuch von Keilson über Retraumatisierung an ihr zur Anwendung bringen? Ging sein Experiment weiter? Oder sollte Susannes Leben einfach so weitergehen als Arbeitstier und Betthase? Sie stellte ihm diese Fragen. Seine Antwort, diesmal eine Variation der Verweigerung eben dieser: »Wir sprechen ein anderes Mal darüber, hier ist noch ein Brief von Professor Waldau. Der müsste dringend bearbeitet werden.« Susanne nahm einen verunsicherten, fast scheuen Blick von ihm wahr, als er ihr im Sprechen das Schreiben reichen wollte. Also doch Betthase und Arbeitstier, er kann gar nicht anders, so schoss es ihr durch den Kopf und aus ihrem Mund: »Ich werde erst wieder irgendeinen Arbeitsauftrag erledigen, wenn wir wirklich über meine Fragen zu unserer Beziehung gesprochen haben. Ich habe keine Lust mehr darauf, nur Arbeitstier und Betthase zu sein, ohne Anteil an Ihrem Privatleben zu haben.« Daraufhin seufzte Euler tief. »Ja, dann werde ich Sie anrufen. Aber könnten Sie jetzt nicht doch …?«

»NEIN!! Erst wenn wir gesprochen haben.«, schleuderte sie ihm entgegen und verschwand. Verschwand aus seinem Leben.

Die Welt im Yoga

Wir sahen uns nie mehr wieder, wir sprachen nie mehr miteinander. Der Anruf kam nicht. Ich wartete einige Wochen. Dann packte ich komplett alle Unterlagen, die ich von ihm hatte, in einen großen Wäschekorb und stellte diesen vor seiner Wohnungstür ab. Nichts sollte mich mehr an ihn erinnern. Jetzt war ich fertig mit ihm. Dieses Schweigen konnte ich nicht mehr ertragen. Ich beendete unsere Beziehung und fühlte mich elend dabei. Was hatte zu diesem Ende geführt? Was waren diese letzten zehn Jahre für mich? Eine zehnjährige Therapie? Eine verrückte Therapie eines noch verrückteren Therapeuten? Eine anfängliche Therapie, die dann in eine sonst wie geartete Beziehung wechselte, die alles andere als gesund oder normal war. War ich an einen emotional verhungerten Spinner geraten? Gleich und Gleich verträgt sich bekanntlich gern! Aber dann hätte ich doch bleiben müssen, hätte seine Bedingungen akzeptieren müssen, wie sollte ich denn jetzt weiterleben? Es gab niemanden, mit dem ich über meine Verzweiflung sprechen konnte. Meine Schwestern und auch meine Freundinen begrüßten es, dass ich es endlich geschafft hatte, mich von Euler zu lösen, mich zu emanzipieren. Aber war ich tatsächlich emanzipiert aus der Sache hervorgegangen, fühlte ich mich wie Phönix aus der Asche steigen? Eher nicht. Im Gegenteil: ich entwickelte mich wieder zurück.

Hatte ich vor meiner Zeit mit Euler nur funktioniert, so musste ich dies eben wieder tun. Ich hatte nichts anderes emotional gelernt. Leben funktioniert auch ohne Emotionen. Dachte ich. Dass ich das können würde, wusste ich aus Erfahrung. Also machte ich weiter von Tag zu Tag. Dieser gewählte Weg wurde ein riesiger Umweg. So wie ein Autofahrer plötzlich, weil ein abscheuliches Verbrechen im angrenzenden Waldgebiet stattgefunden hatte, von der Polizei energisch von seiner gewohnten Strecke auf der Landstraße durch eben dieses Waldgebiet abgetrieben wird, kompromisslos abgetrieben wird auf die Autobahn, die ohne Richtungsalternative ist und eine hohe Geschwindigkeit verlangt: Wie jetzt? Wo komme ich hin, wie erreiche ich mein Ziel, das immer noch dasselbe ist? Das Ziel kann ich nicht ändern, muss es aber erreichen. Ruhig bleiben, nicht kopflos werden, weiterfahren und darauf vertrauen, dass es Richtungshinweise geben wird, wenn schon kein Navi im Auto ist. So verunsichert und irritiert trat ich meine erste Stelle an einer Schule an und wurde Beamtin. Den Ausbildungsvertrag mit dem Psychoanalytischen Institut hatte ich gekündigt. Ich wollte nicht mehr an Euler erinnert werden. Ich wollte komplett mit dieser Vergangenheit abschliessen und mein eigenes Leben beginnen. Jedoch kannte ich kein Ziel mehr, hatte keinen beruhigenden Anker mehr in mir. Doch würde ich heute nicht darüber schreiben können, wenn meine Kreativität mich im Stich gelassen hätte. Diese Kraft muss es gewesen sein, die mich in die Yoga-Szene trieb, in die Tantra-Yoga-Szene. Oder war es die Kundalini-Kraft? Als Studentin hatte ich Hatha-Yoga kennengelernt, eine Yoga-Richtung, die den spirituellen Aspekt des Yoga-Weges ausschließt und sich auf die Körperebene begrenzt. In dieser Zeit meines Studiums hatte mir das als Ausgleich für das viele Sitzen gereicht. Nach meiner Trennung von Euler und dem Kennenlernen anderer Männer brachte mich mein pragmatischer Umgang mit dem Geschlechtsakt auf die Idee, mich näher mit meiner Sexualität zu beschäftigen. Sollte in der Sexualität doch die Urkraft allen Lebens stecken. Also frisch gewagt, ist halb gewonnen! Ich meldete mich zunächst zu einem Kundalini-Yoga-Seminar an. Dieser Kurs war ansprechend, ich fühlte mich wohl, auch wenn ich die Partner-Übungen ohne innere Anteilnahme mitmachte. Umso überraschter war ich, dass ich nach dem Seminar von zwei Männern und einer Frau Anrufe erhielt, in denen mir mitgeteilt wurde, wie schön sie das Wochenende gefunden hätten und wie anregend das Kennenlernen mit mir gewesen sein soll. Natürlich hatte mich das gefreut, aber zugleich dachte ich mir: na die müssen es ja nötig haben, wenn die bei mir anrufen. Für so beziehungshungrig hatte ich mich damals nicht eingeschätzt.

Auf dem zweiten Seminar von dem selben Anbieter geriet ich dann in die »Fänge« des Yoga-Lehrers Lukas. Seine Anmache war so unübersehbar, dass ich dachte, jetzt will ich′s wissen! Wir tauschten Blicke aus, er lobte mich und erklärte mich zu einem Menschen, der etwas ganz besonders sei, ich hätte bei ihm Sonderstatus! Das tat mir einfach nur gut. Rank und schlank war ich als 33-Jährige damals und auch gelenkig. Aber im Vergleich mit den anderen Frauen kam ich mir mädchenhaft und ahnungslos vor. Lukas Verhalten war sehr widersprüchlich, auf der einen Seite leitete er zusammen mit seiner Lebensgefährtin Claudia das Seminar, auf der anderen Seite baggerte er mich hemmungslos an. Seine Lebensgefährtin tat mir leid. Sie versuchte ganz im Sinne yogischer Abgeklärtheit gelassen und freundlich zu bleiben, auch mir gegenüber, aber ab und zu fing ich böse Blicke von ihr auf. Das machte sie mir sympathisch, das konnte ich verstehen. Musste Claudia doch jetzt so tapfer und souverän bleiben, wie ich damals bei Euler und Schnösel.

Ich gönnte mir eine Affäre mit ihm. Lukas gab mir das Gefühl, begehrenswert zu sein. Seine erste Ehefrau wohnte mit ihren beiden gemeinsamen Kindern nicht weit von meiner Wohnung entfernt. So organisierte es Lukas, dass, wenn er seinen Besuchstag bei seinen Kindern hatte, anschließend bei mir vorbeikam. Auf seine Besuche freute ich mich. Wir sprachen über die tantrische Lebensweise und praktizierten tantrische Liebesweisen.

Ich konnte gut mitreden, hatte ich mir doch einiges angelesen. Ich war gut geschult worden im Lesen und Aneignen von geistigen Inhalten. Ob Lukas es mitbekommen hatte, dass ich sehr, sehr wenig spürte, konnte ich nicht einschätzen. Er hat sich nichts anmerken lassen. Aber woher kam dieses Funktionieren ohne Erregung außerhalb meiner Eisprung-Phase? Wenn mein Zyklus in der Einsprung-Phase war, übernahmen tatsächlich meine Hormone die Führung über meine körperlichen Erregungsleitungen und Fantasien. Nur in dieser Zyklusphase fühlte ich mich weiblich. Ansonsten – wie fühlte ich mich außerhalb dieser Phase? Mindestens so erotisch wie all die Frauen, die in geschlechtsneutraler Outdoor-Oberbekleidung herumlaufen. Die Frauen im Straßenbild bestätigten meine sexuelle Neutralität. Ich war nicht allein damit – im Straßenbild. Da ich aber auch attraktiv und keck war, lernte ich immer wieder Männer kennen, die für mich sexuelles Interesse entwickelten. Also nach außen hin wirkte alles so, als wäre alles in Ordnung. Aber orgastische Erfahrungen blieben auf meiner Seite aus. Dieses monatliche Funktionieren, diese Erinnerung meines Hormonsystems an etwas Körperliches, was es sonst nicht für mich gab, woher kam das, worin lag es begründet? Eine Erinnerung blitzte auf:

Ich bin ein Kind, wegen unklaren Bauchkrämpfen und leichtem Fieber bringt mich mein Vater zur Untersuchung in die Bonner Universitätsklinik. Der Tastbefund von außen ergibt keinen Befund. Ich liege auf einer Art OP-Tisch in der Notfallambulanz. Das grelle, weiße Licht fasziniert mich. So hell ist es bei uns zu Hause nie. Der Arzt bespricht etwas mit meinem Vater. Dann geht er hinaus. Als der Arzt wieder kommt, wird er von drei oder vier jüngeren Männern in Weiß begleitet. Mir wird gesagt, dass ich mich auf die Seite drehen solle mit dem Gesicht zur Wand. Man würde jetzt meinen Blinddarm von innen tasten wollen, dabei wird ein Finger in den Popo geschoben. Das sei nicht schmerzhaft. Was er nicht sagte, dass alle Anwesenden bis auf meinen Vater ihren Finger in meinen Hintern stecken würden. Ich war neun Jahre! Das seien wohl Studenten gewesen, die das lernen sollten, wie mein Vater es mir hinterher erklärte. Hinterher!! Verdammt schlechtes Timing, kann ich dazu heute nur noch sagen. Denn ich, so wie ich auf der Trage lag, verschwand in dem Augenblick als die Männer der Reihe nach ihren Finger in mich hinein steckten um darin zu wühlen. Natürlich hatte ich das gespürt. Nein, es war nicht physisch schmerzhaft. Aber ich empfand es als abartig. Ich konnte nur stillhalten, weil ich die Gefühlswahrnehmung kappte. Etwas klinkte sich aus in meinem Hirn. Die Erregungsleitungen wurden gekappt. Klack! Ich hörte es förmlich: Klack. Halt durch, die tun dir nichts Böses. Papa ist dabei. Halt durch, Halt durch, Halt durch. Jetzt ist es vorbei. Auch der vierte Mann wusste jetzt Bescheid. Keine Blinddarmentzündung, aber eine leichte Reizung. Muss beobachtet werden. Wäre das so passiert, wenn statt Papa Mama mich zur Untersuchung gebracht hätte? Mama war keine unkritische Frau. Sie hätte sich getraut etwas zu sagen. Sie hätte nachgefragt und es zu verhindern gewusst. Die Gehirnembolie hatte wohl nicht nur das Sprachzentrum zerstört. Empathie war etwas, was uns unser Vater nicht vorgelebt hatte. Vielleicht fiel es meinem Vater deshalb so schwer, für sein Kind einzustehen und Einspruch zu erheben. Dieses Unvermögen sich in sein Kind hinein zu versetzten, spielte den Ärzten in die Hände. Was sie empfahlen, wurde gemacht. Nach diesem Vorfall habe ich nie wieder meinen Eltern etwas von Bauchschmerzen erzählt.

Das muss es gewesen sein, dass ich gelernt habe zu funktionieren. Zu funktionieren ohne zu spüren, wenn nicht gerade meine Hormone bestimmten, wo es lang zu gehen hatte.
Somit war alles, was Lukas und ich körperlich zusammen machten, für mich in Ordnung. Ich wollte seine körperliche Nähe. Er war ein schöner Mann, mit schlankem, aber muskulösem Körper. Seine dunklen Locken, die schwarzen Augen und die olivfarbene Haut ließen mich eine spanische oder portugiesische Herkunft vermuten. Vielleicht seien von daher seine Vorfahren, er selber sei im Sauer-

land geboren und aufgewachsen, erklärte er mir bereitwillig. Überhaupt waren unsere persönlichen Gesprächsthemen sehr wortreich, im Vergleich zu den Gesprächen mit Euler. Vielleicht machte es mir deshalb so viel Spaß mit ihm zusammen zu sein. Mit oder ohne Körperkontakt. Wenn es zum Körperkontakt kam, fühlte ich mich wohl. Wenn er in mich eindrang, tat mir nichts weh, aber ich spürte auch nicht viel. So fiel es mir leicht vorzuspielen, dies sei der *göttlichste* Moment überhaupt. Es war für mich eine Win-win-Situation, die mir völlig ausreichte. Aber Lukas wollte mehr. Er wollte mich als Teilnehmerin in seiner Ausbildung zur Tantra-Lehrerin. Ja gut, das passte schon. Irgendwie könnte das vielleicht mein nächstes Ziel gewesen sein. Aus einer asexuellen Lebensweise heraus in eine sexuell erfüllte. Vielleicht wollte das Leben das von mir. Mittlerweile war ich bei den spirituellen Yoga-Schriften angekommen und beschäftigte mich mit dem tieferen Sinn des Lebens jenseits meiner christlichen Prägung. Ich weiß nicht, ob ich davon viel verstanden hatte. Es war für mich der Aufbruch in eine neue Welt, die nichts zu tun hatte mit Psychoanalyse, christlichen Werten oder gar mit Katholizismus. So glaubte ich es, verstanden zu haben.

Mit ehrlicher Neugierde und einer großen Portion Mut fand ich mich zu meinem ersten Tantra-Seminar ein. Was mir als Erstes auffiel: Da war eine große Altersbandbreite. Mit meinen 33 Jahren war ich nicht die jüngste. Aber unter 28 war auch niemand. Der Älteste war 57 Jahre alt, ebenfalls Lehrer. Alle trugen ihr Päckchen mit Beziehungsproblemen. Pärchen waren keine gekommen. Alles Singles auf der Suche nach erfüllter Sexualität. Ich war also nicht allein mit meinem Anliegen. Von außen betrachtet hatte ich keine Probleme: Als Partner stellte sich mir ein fast gleichaltriger Polizeikommissar zur Verfügung, der mir aber eher wie ein unsportlicher Schreibtischtäter vorkam. Mit ihm habe ich die Übungen durchgeführt: zunächst das sogenannte Bonding. Lukas hielt vorab einen Vortrag darüber, wie sehr wir in unserer Gesellschaft das innige Umarmen entbehren und deshalb keine stabile Grundlage für eine Beziehungsaufnahme hätten. Also vorab, alle Paare umarmen sich innig auf dem Boden liegend. Gesagt, getan. Peter lag schwer auf mir und schnaufte in mein rechtes Ohr, während ich meine Arme um seinen Oberkörper drückte, eine halbe Stunde lang, gefühlt. Nein, es waren satte zehn Minuten. Dann wurde getauscht. Wer oben lag, musste sich auf den Boden legen, damit der andere in den für mich zweifelhaften Genuss des Bondings kam. Aber ich wollte mich auf alles einlassen. Wir haben viele Umarmungen geübt mit und ohne Einflüsterung von Komplimenten und Wertschätzungen. Weiter ging es mit Massagen. Unterbrochen wurden die Tantra-Einheiten von Yoga-Übungen, die die Kundalini-Kraft, die Schlangenkraft, in unserem Becken erwecken sollte. Das hatte ich sicherlich auch nötig. Denn bei allen Körperübungen mit und ohne Partner hatte ich das Gefühl, dass ich alles mechanisch absolvierte. Eine Reaktion, die mich an sexuelle Erregung erinnert haben könnte, nahm ich absolut nicht wahr. Das Seminar fand in einer für mich ungünstigen Zyklusphase statt. Deshalb konzentrierte ich mich sehr auf die Beckenübungen, erhoffte ich mir doch die Erweckung meiner Sexualität. Aber es kam ganz anders! Kundalini brach sich ihre Bahn. Wie eine Furie brach sie alle Dämme, die mich von meiner Seele fernhielten und ich schwamm in einem Tränenmeer davon. Den letzten Tag des Seminars war ich nicht mehr in Lage teilzunehmen. Je mehr Tränen flossen, desto leichter fühlte ich mich, aber auch umso erschöpfter. Die Qualität meiner Tränen war mir neu. Es war keine Wut, kein Hass, der mich – wie damals in Köln – in Tränen ausbrechen ließ, nein es war Befreiung, Auflösung von etwas, was mich unerkannt besetzt hatte. Lukas und Claudia beruhigten mich beide und bestärkten mich darin, alle Tränen fließen zu lassen, keine Träne mehr zu unterdrücken. Denn, erst wenn alle Traurigkeit ausgewaschen wäre, könnte ich die sexuelle Energie in meinem Körper zulassen. Ich sei auf einem richtigen Weg. Ich sollte so weiter machen. Irgendwie konnte ich das nachvollziehen und versuchte mein Leben danach auszurichten: unter der Woche Schule und am Wochenende tantrische Seminare. Aber das klappte nicht, nach vier Monaten brach ich zusammen. Um im weiter oben genannten Straßenverkehrsbild zu bleiben: Den Tank hatte ich leer gefahren ohne ein Ziel zu erreichen: Ich heulte wieder, sobald ich meinen Dienst geschafft hatte. Das gipfelte darin, dass ich, nachdem ich versucht hatte, mich zusammenzureißen, wie ich es von meiner Mutter vorgelebt bekommen hatte, mein privates Arbeitszimmer nicht mehr betreten konnte. Alles andere funktionierte noch, aber sobald ich in die Nähe meiner Arbeitszimmertür kam, wurde ich kurzatmig, wieder stieg unsägliche Wut in mir auf und was als Weinen begann, endete in einem Schreien. Mir wurde klar, so etwas durfte mir nicht im Dienst passieren. Ich brauchte eine Krankschreibung und therapeutische Hilfe, aber diesmal nicht von irgendeinem Psychotherapeuten oder Tantralehrer, diesmal sollte es ein Psychiater sein. Ich wies mich selber in die Psychiatrie ein. Zehn Tage blieb ich dort. Alle zwei Tage hatte ich eine Einzelsitzung bei dem Chefarzt. Dem erzählte ich die ganze Tragödie mit meinem ersten Therapeuten. Er ließ sich zu der Bemerkung hinreißen, dass da wohl ordentlich was schief gelaufen sei. Aber was sollte ich denn jetzt machen? Einfach so weiter leben? Ja, weiterleben! Aber wie denn? Über das *Wie* hätte ich selbst zu entscheiden, als Sozialhilfeempfängerin oder als unabhängige, wirtschaftlich autonome Frau. Das läge allein an mir. Irgendwie hörte ich aus diesen seinen Worten meine Mutter sprechen: wenn du dich auf andere verlässt, dann bist du selbst verlassen. Ich hatte alles erreicht, um unabhängig sein zu können. Das wollte ich mir nicht nehmen lassen, ich wollte nicht als Opfer dastehen. Also riss ich mich zusammen und auf der Basis, mich nicht unterkriegen zu lassen von einer verpfuschten Therapie, nahm ich mein Leben wieder so auf, wie ich es mir eingerichtet hatte. Lehrerin zu sein, wenn auch nur noch in Teilzeit, da meine psychische Stabilität schwächelte. Eine weitere ambulante Therapie, aber diesmal bei einer Verhaltenstherapeutin. Diese Therapeutin konnte kaum glauben, was ich mit meinem ersten Therapeuten erlebt hatte. Erst als sie eine Antwort aus eben dieser Praxis erhielt auf die Anfrage, dass sie gerne einen Abschlussbericht über diese Therapie erhalten würde, staunte sie nicht schlecht. Eine solche unqualifizierte Antwort hätte sie noch nie von einem Kollegen erhalten: Unterlagen seien aufgrund eines Umzuges nicht zugänglich, eine Diagnose wurde nicht erwähnt, die Patientin so weit stabilisiert, dass sie in den Schuldienst übernommen worden wäre. Und das ganze im Plural geschrieben. Wir können ... unserer Kenntnis nach ...

Meine Therapeutin war sehr irritiert. Hatte sie doch ganz klar an meinen Ex-Therapeuten geschrieben, nur an ihn. Wer und wieviele steckten hinter diesem »Wir«? Waren mehr Personen an meiner Therapie beteiligt, oder was? Und wieso seien Unterlagen nicht zugänglich? Ich konnte es ihr erklären: Er hatte mal wieder jemanden gefunden, dem er im Ungefähren gesagt hatte, was dieser schreiben solle an seiner Statt. Unterlagen, die er nicht hatte oder tatsächlich in seinem Chaos verlegt hatte, wurden häufig zum Opfer eines Umzugs erklärt. Genau solch schwammige Schreiben hatte ich auch für ihn gemacht. Somit war für sie klar, ich war ein Therapie-Opfer, es hatte ganz klar ein Fall von Missbrauch stattgefunden, der aber denkbar schlecht zu beweisen gewesen wäre, wenn ich das hätte zur Anklage vor ein Gericht bringen wollen. Das wollte ich gar nicht.

Ich fühlte mich nicht als Opfer. Ja, ich war wütend auf ihn, enttäuscht und fühlte mich fallengelassen wie eine heiße Kartoffel. Aber er hatte mir auch gutgetan, er hatte mir geholfen. Hatte er mich nicht von der Sprechstörung »geheilt«? Mit diesem Ansinnen war ich zu ihm gekommen. Das hatte er auch geschafft, auch wenn wir nie über die Sprechstörung direkt gesprochen hatten. Die Sprechstörung war nie Thema. Er ließ mich sprechen, gab mir zunächst kleinere, dann komplexere Aufträge, bei denen ich sprechen musste. Aber da ich von ihm den Auftrag bekommen hatte, hatte das direkt nichts mit mir zu tun. Und voilà, ich konnte in diesen Situationen sprechen und mich wohlfühlen. Gesprochen hätte ich schon als Schülerin liebend gerne. So gewöhnte ich mich ans Sprechen, freute mich auf das Sprechen und vergaß schlichtweg, dass ich damit mal ein Problem hatte. Seine Arbeitsaufträge waren auch Teil seiner Therapie. Für mich stand damals in der Zeit mit ihm und auch in der Zeit ohne ihn fest, dass ich ohne ihn nicht so weit gekommen wäre. Ich war deshalb kein Opfer! Das wollte ich mir nicht nehmen lassen. Ich wollte wieder leben lernen, ohne ihn zu verdammen oder zu verteufeln. Also konzentrierten wir uns auf die Gegenwart, auf mein emotionales Reagieren in der Schule und in meinem Alltag. Meine Vergangenheit ließen wir auf sich beruhen. Nach vorne schauen war die Devise. *Lass den Toten ihre Toten, denn ich habe dir geboten, ziehe fort aus deinem Land.* Diesen Liedrefrain zu dem biblischen Thema Abraham hatte ich in jener Zeit immer wieder im Ohr und fühlte mich dadurch bestätigt. Im Rahmen dieser Verhaltenstherapie lernte ich mich von dem Yoga-Lehrer zu distanzieren, der eh nur an einer Affäre auf Zeit interessiert war. Hatte er erst mal meine Unterschrift unter dem Ausbildungsvertrag zur Tantra-Lehrerin, wandte er sich nur allzu gerne wieder anderen Damen zu, um auf diese höchst angenehme wie praktische Weise für seine Ausbildung zu werben. Meine Gefühle zu dieser Erfahrung verarbeitete ich durch das Schreiben einer Kurzgeschichte:

Der Schlussstrich

Fast geräuschlos glitt der letzte Nachtzug aus der Halle. Der Bahnsteig war leer, bis auf einen einzelnen Mann. Er hatte sich eine Zigarette angezündet und starrte dem Zug nach, dessen rote Schlusslichter rasch kleiner wurden.

Nachdenklich strich er sich mit der Hand, die die Zigarette hielt, über eine Augenbraue. In seinen Gedanken durchlief er noch einmal den Abend, den er nach dem Yoga-Seminar mit einer Teilnehmerin intim verbracht hatte. Hätte er ihr die Begleitung zum Zug verweigern sollen? Nein, er konnte sich nach der letzten Umarmung auf der Bettkante nicht einfach trennen. Warum auch sollte er einen so harmonischen Abend abrupt beenden, warum in einen Prozess eingreifen, der sich regelmäßig auf seinen Seminaren abspielte: Yoga-Unterricht mit überwiegend Frauen jenseits der Vierzig, die sich selbst verwirklichen wollten, die sich bei Tisch angestrengt amüsant darstellten, um es ihm leicht zu machen, eine von ihnen auszuwählen, die er spätestens beim zweiten Treffen in die Praktiken des Tantra-Yoga einweihte.

Dieses Prozedere war ihm im Laufe der Jahre so selbstverständlich geworden, dass er sich ein Leben ohne Tantra nicht mehr vorstellen konnte. Ebenso wenig konnte er sich vorstellen, dass sich Frauen ohne tantrische Weltsicht mit ihm vereinigten. Mit dieser Sicht auf das Zusammensein mit anderen Frauen häuften sich die Ärgernisse mit seiner Ehefrau und mit seiner 17-jährigen Tochter. Früher hatte er wenigstens noch mit den auserwählten Frauen darüber gesprochen, dass sie ihn nur für den Augenblick genießen sollten, im Hier und Jetzt und eben diese Liebe und Kraft, die sie von ihm empfangen hatten, weitertragen sollten an die, die ihnen anvertraut waren. Diese so instruierten Frauen hatten ihn hübsch-brav in Ruhe gelassen und weiterhin mit lechzenden Augen und Zungen seine Kurse besucht. Seine kleine Familie wurde von diesen Affären nicht betroffen.

Seit einiger Zeit aber hatte er keine Lust mehr zu sprechen. Er wollte nur noch spüren, wollte diese weibliche Kraft so lange genießen, bis die Trennung vollzogen werden musste, eben durch die Abreise. Deshalb gehörte für ihn die Begleitung zum Zug einfach dazu. Erst der Zug trennte ihn endgültig von der weiblichen Energie. Wenn die Frauen doch nicht die Neigung hätten, alles überzubewerten! Immer wieder kam es vor, dass eine Frau, die er zum Zug begleitet hatte, auf dumme Gedanken gekommen war und ihn privat angerufen oder liebestolle Briefe geschrieben hatte. Sie glaubten allen Ernstes, dass er an ihrer Person Gefallen gefunden hätte. Doch gegen solche Gedanken und Handlungen glaubte er sich machtlos.

Grimmig trat er die Zigarette aus, drehte sich um, verließ müde die Bahnhofshalle. Vor dem Haupteingang hielt er kurz inne: wo hatte er noch seinen Wagen geparkt? In diesem Moment trat aus dem Schatten der Portalsäulen eine zierliche Frauengestalt in einen Lichtkegel. Sie bewegte sich rasch auf ihn zu und blieb direkt neben ihm stehen. Überrascht drehte sich der Yogalehrer um und erkannte seine Tochter. »Shariva, was soll das denn? Spionierst du mir jetzt auch schon nach?« Zwei dunkle Augen funkelten ihn wutentbrannt an. »Du kannst dir sicher sein: du vögelst mit anderen Frauen nur noch in meinem Beisein!«, schleuderte sie ihm hasserfüllt entgegen. Sie bebte am ganzen Körper. Unwillkürlich trat Benedikt einen Schritt zurück. »Mein Gott, Shariva, entspann dich, du regst dich völlig unnötig auf. Die Frau ist abgereist, sie wird sich nicht mehr melden. Du hättest gar nichts von ihr mitbekommen, wenn du mir nicht nach spioniert hättest, das hast du doch, oder?« »Lass gefälligst Gott aus dem Spiel und erzähl mir ja nicht wieder etwas von göttlicher Liebe. Das sind doch nichts anderes als schöne Worte für's Ficken. Ficken, Ficken und nochmals Ficken, was anderes hast du doch schon gar nicht mehr im Kopf. Du bist doch nichts anderes als ein esoterischer Triebtäter, der die Frauen reihenweise mit schönen Worten lockt. Wenn du dabei nur nicht so gottsbärmlich lügen würdest. Du belügst uns, die Frauen und sogar dich selbst, du ...«

»Bist du jetzt fertig? Ich belüge niemanden und die Bewertung meines Tuns steht dir nicht an. Du bist doch diejenige, die es nicht erträgt, mich mit anderen teilen zu müssen. Aber das Thema hatten wir doch schon so oft. Unsere Absprache war klar, zumindest so klar, dass wir uns nicht mitten in der Nacht vor dem Bahnhof darüber streiten müssen, mit wem ich wie auch immer den Abend verbracht habe.«

Obwohl er schon einen Schritt vor ihr zurückgewichen war, lehnte er nun auch den Oberkörper leicht zurück und atmete tief und hörbar aus. Sharivas Aggressivität drohte ihn zu überwältigen. Noch nie hatte Benedikt seine Tochter so unbeherrscht und zornig erlebt. »Keine Sorge, ich streite mich mit dir nicht mehr, dass sich das nicht lohnt, hast du mir heute Abend bewiesen. Weißt du überhaupt, welcher Abend heute war: Es war mein Abend! Du wolltest dabei sein, bei meinem ersten Konzert. Und ich blöde Kuh habe mich darauf gefreut, glaubte, du hättest wirklich Interesse an mir und meiner Musik, könntest einmal auf deine Frauen verzichten, um mich zu hören. Doch Mutter hatte mich schon gewarnt. Als sie alleine kam, wusste ich, wo ich dich nach dem Konzert finden würde.«

»Shariva, bitte, das ist jetzt nicht der richtige Ort und auch nicht der richtige Zeitpunkt. Es tut mir leid, dass ich dein Konzert verpasst habe, aber glaube mir, das passte nicht.«

»Ich möchte keine Erklärungen mehr hören! Es interessiert mich nicht mehr. Es ist doch alles nur Lüge. Du sprichst mit gespaltener Zunge, deshalb sollst du das Zeichen tragen!« Mit einer blitzschnellen Handbewegung holte sie eine Ampulle aus ihrer Handtasche. Benedikt erkannte sie sofort: Die Ampulle mit der Autobatteriesäure, die er vor einigen Tagen gekauft und in seiner Garage liegengelassen hatte. Bevor er ihre Handbewegung stoppen konnte, hatte sie den Hals der länglichen, schmalen Ampulle geköpft und ihren Inhalt mit Schwung quer über sein Gesicht gespritzt. Ein gleißendes Brennen teilte sein Gesicht in zwei Hälften. Benedikt schrie auf, presste sich beide Hände vor's Gesicht, ging zu Boden, jaulte und wand sich unter Schmerzen. Shariva wurde mit einem Schlag ruhig, sie spürte keinen Zorn und keinen Hass mehr. Emotionslos schaute sie auf ihren Vater herab wie auf einen Wurm, den man zertreten müsste, um ihm weitere Qualen zu ersparen. Mechanisch holte sie ihr Handy aus der Tasche und rief die 112 an: »Hallo, kommen Sie bitte schnell zum Haupteingang des Hauptbahnhofs. Hier liegt ein Mann, der versucht hat, sich mit Säure zu vergiften.«
Sie drehte sich um und ging.

So drehte auch ich mich um und ging. Ich kündigte auch diesen Vertrag.

Ein Mann für's Leben

Es begann eine Zeit der Anpassung. Ich versuchte mein Leben in den Griff zu bekommen mithilfe einer standardisierten Therapie: der Verhaltenstherapie. Einmal in der Woche stabilisierte mich und ich ging wieder arbeiten, gestaltete meine Freizeit mit Yoga und orientalischen Bauchtanz und wartete darauf, einen Partner zu finden, der mich aushalten und den ich ernst nehmen konnte. Dieser Mann lief mir auf einem Yoga-Wochenendkurs über den Weg. Er fiel mir auf, weil er völlig uneitel, geradeheraus und freundlich mit allen umging. Er war nicht der Typ, der durch sein äußeres Erscheinungsbild auf sich aufmerksam machte. Nein, es war sein gewinnendes und verschmitztes Lächeln, das ich gerne erwiderte, wenn sich unsere Blicke trafen. So entging mir nicht seine Freude über mein Auf-ihn-Zugehen: »Hättest du eine Zigarette für mich noch übrig?« Das Seminar fand im hintersten Schwarzwalddorf statt und die nächste Einkaufsmöglichkeit war nicht gerade um die Ecke. »Aber klar doch!« Sein in diesem Augenblick einsetzendes Strahlen im Gesicht, ließ mich an einen spitzbübischen Jungen erinnern, der sich darüber freute ein Ziel erreicht zu haben. *Nachtigall ick hör dir trapsen*, der Junge suchte ne Frau! Rauchend kamen wir ins Gespräch: »Von wo bist du denn angereist?«, fragte ich ihn.
»Ich komme aus Münster, im Übrigen, ich heiße Friedrich.«
»Ja, klar, entschuldige, ich bin Suse und komme aus Köln, bist du auch die ganze Strecke mit dem Auto gefahren?«
»Nee, ich habe kein Auto. Bin mit dem Zug gekommen. Das war ein Abenteuer. Dreimal musste ich umsteigen. Mal schauen, ob ich auf der Rückfahrt alle Anschlüsse bekomme. Auf der Hinfahrt hatte das nicht geklappt. Deshalb dauerte meine Anreise sage und schreibe zehn Stunden. Sag mal, könntest du mich bis zum nächsten größeren Bahnhof im Auto mitnehmen, vielleicht bis Freiburg? Das

wäre echt nett, weil meine Rückreise dann bestimmt deutlich kürzer sein wird als die Hinfahrt.« »Wenn du nett bist, kann ich dich sogar bis Köln mitnehmen. Das liegt doch auf deiner Strecke und dann brauchst du gar nicht mehr umsteigen.«

»Meinst du das ernst? Boah, das wäre total nett. Aber nur, wenn dir das nicht zu viel ist, die ganze Strecke so einen Kerl wie mich im Auto zu haben. Dafür gebe ich dir auch noch ne Zigarette aus.«

Nach dieser gemeinsamen Heimfahrt sahen wir uns jedes Wochenende. Entweder besuchte er mich in Köln, oder ich fuhr nach Münster. Wir verstanden uns prächtig. Er war drei Jahre älter als ich und hatte mit seinen 39 Jahren noch keine Altlasten: also keine Ex-Ehefrau mit Kindern. Er war ein Freigeist, der für nichts in der Welt seine Kreativität eingeschränkt wissen wollte. Aber er tat auch alles, um mich in meiner Kreativität zu unterstützen. Unser erstes gemeinsames Projekt war die Ausstattung meiner neuen Wohnung mit einem Schrank für den Eigenaufbau. Friedrich übernahm das gerne, und zeigte sich auch recht routiniert und geschickt darin. Bis zu dem Augenblick, in dem er mit einem großen Schritt über den noch am Boden liegenden Schrank schreiten wollte. Der Schrank lag mit dem Schrankrücken nach oben auf dem Boden und dieser Schrankrücken war lediglich eine etwas dickere furnierte Pappscheibe. Der Schritt war zu klein oder sein Bein zu kurz. Am Ende stand er mit einem Bein im Schrank. Die Rückwand war zerstört. Oh Gott, wie war das peinlich für ihn. Er versank förmlich vor meinen Augen im Schrank. Ich konnte nicht anders: ich musste lachen. Ich fand das herrlich. So eine Blamage amüsierte mich: da versucht man sein Bestes, gibt sein Bestes, um jemanden zu beeindrucken und dann patsch. Dämlicher als dämlich geht es nicht mehr. Ein blöder Fehler und alles ist ruiniert. Wie kommt man aus so einer Nummer raus? Mein Lachen steckte ihn an und er lachte mit, verfluchte sich dabei gleichzeitig und wir fielen uns in die Arme. Wir schwammen auf einer Wellenlänge und Gemeinsamkeiten hatten wir schnell entdeckt. So wie ich kam Friedrich aus einer siebenköpfigen Familie. War er der älteste, war ich die jüngste. Meine beiden Schwager, also die Ehemänner von meinen beiden verheirateten Schwestern waren ebenfalls Theologen so wie er. So war ich für ihn die geduldigste und verständnisvollste Gesprächspartnerin, die er je hatte. Reden über Gott und die Welt war in meiner Familie an der Tagesordnung, in seiner Familie war Friedrich dadurch zum Exoten und Außenseiter geworden. Friedrich wollte die Welt philosophisch- theologisch ergründen, verstehen und fand es unglaublich bereichernd, dass ich da mitreden konnte und auch wollte. In den Augen seines Vaters war ich die Rettung für seinen verlorenen Sohn, da ich es geschafft hatte, Friedrich in ein solides Angestelltenverhältnis zu bringen. Friedrichs Vater, so erklärte er mir, konnte nicht akzeptieren, dass er seinen eigenen Weg gehen wollte. Sein Vater hielt Theologie und Philosophie für brotlose Kunst, konnte es nicht ernst nehmen. Ein Mann muss zupacken können, seinen Gedanken und Worten konkrete Taten folgen lassen. Agrarwissenschaft oder Maschinenbau, das wären Studiengänge, mit denen man etwas anfangen könne. So lag ich ganz auf Vaters Linie, als ich Friedrich erklärte, noch bevor ich seinen Vater kennenlernte, dass, wenn wir heiraten wollten, er einen soliden Arbeitsplatz bräuchte. Er hatte bis dahin als freier Mitarbeiter in einer Computerfirma gearbeitet und nebenbei als ewiger Langzeitstudent seine theologisch-philosophischen Studien betrieben. Aber Friedrich wäre nicht mein Friedrich geblieben, wenn er das nicht geschafft hätte. Mit vereinten Kräften gelang es ihm, eine Festanstellung in einer großen Telekommunikationsfirma in Köln zu erhalten. Das machte ihn sehr stolz, wusste er doch, dass ihn dies vor seinem Vater rehabilitierte. Das Verhältnis zwischen den beiden war so schwierig, dass Friedrich es unbewusst vermied, mich seinem Vater vorzustellen. Wie er das schaffte? Er wollte ja, dass ich seine Familie, an der er eigentlich sehr hing, kennenlernte. Also kündigten wir uns für ein bestimmtes Wochenende in Thüringen an. Aus irgendeinem Grunde, ich weiß nicht mehr, was es war, fuhren wir getrennt: Er fuhr mit dem Auto, ich mit dem Zug. Er sollte mich dann vom Bahnhof in irgendeinem kleinen Kuhdorf abholen und wir wären dann gemeinsam in der großen Familienvilla angekommen. An diesem Plan hatte ich nichts auszusetzen, bis er mir während der Zugfahrt über das Handy mitteilte, dass er es nicht pünktlich schaffen würde. Er hätte seinen Vater gebeten, mich abzuholen. Na, super. Ich wusste ja, dass er mit seinem Vater ziemliche Probleme hatte, weil er sich von ihm nicht akzeptiert fühlte, und dann lässt er mich beim allerersten Zusammentreffen mit eben diesen allein. Ich war ganz schön wütend auf Friedrich. Was sollte ich mir denn jetzt vorstellen, wie ich ihm begegne? Wie sieht er überhaupt aus? Was denkt der sich, wenn sein Sohn ihn bitten muss, seine Freundin vom Bahnhof abzuholen? Was denkt er jetzt über mich? Mit meiner Meinung hielt ich in diesem Telefonat nicht hinter dem Berg. Aber Friedrich beschwor seine Unschuld, er könnte nichts dafür, er wäre in einem Stau. Es würde sich nichts bewegen. Sicherlich ein Unfall. Was er denn machen solle? Ja, gut, da kann man nichts machen, da sei er mir aber was schuldig für diesen verpatzten Erstauftritt. Friedrich stimmte kleinlaut zu. Also, auf ging´s in die Höhle des Löwen. Zuerst einmal musste ich aussteigen. Als einziger Fahrgast entstieg ich dem Zug irgendwo in Thüringens nirgendwo. Es musste ein von der DB fast vergessener Haltepunkt auf der grünen Wiese gewesen sein, passenderweise hieß der Haltepunkt Heuend. Ein verfallenes Bahnhofsgebäude mit einem noch baufälligeren Getreidesilo an einer Straße, die eher die Bezeichnung Schotterpiste verdient hätte. Sand wirbelte mächtig auf, als ein großer, langer, dunkler BMW vor dem Bahnhof entlang fuhr und ein älterer Herr mit heruntergelassener Scheibe in meine Richtung schaute. Ich saß dort rauchend auf einer ehemaligen Laderampe in einer feuerroten Jeans und weißer Hemdbluse und kam mir vor wie in einem billigen Western. Vorsichtshalber knöpfte ich meine Bluse nach oben hin etwas weiter zu. Der BMW fuhr zunächst an mir vorbei, hielt nach einigen Metern, fuhr rückwärts und kam auf meiner Höhe zum Stehen. »Ich glaube, ich soll Sie abholen.«, rief mir der Fahrer zu. Ich stand auf, raffte meine Taschen zusammen und fragte ihn, ob er der Vater von Friedrich Sarlender wäre. »Ich bin Friedrich Sarlender Senior!« »Und ich bin die Freundin vom Junior, Susanne Moser.« »Na, dann steigen Sie mal ein. Mal sehen, wann wir meinen Ältesten zu sehen bekommen.« Unsympathisch war er mir nicht. Dass er mal sehr gut ausgesehen haben musste, sah ich seinem vom Wetter geprägten, mit markanten Falten durchzogenen Gesicht noch an. Auffällig war sein kantiger Unterkiefer mit vollen Lippen. Und aus relativ kleinen, unter buschigen hellen Augenbrauen liegenden Augen schaute er mich direkt und musternd an, als ich mich auf den Beifahrersitz setzte. »Na, erst mal herzlich willkommen. Hat sich ja schon lange keine Freundin mehr von meinem Sohn hierher getraut.« Unverblümt und ehrlich war er offensichtlich. Die Kunst des Smalltalks beherrschte er ebenfalls, so dass ich auf der Fahrt vom Bahnhof zur sogenannten Villa allerlei Historisches über die Großfamilie und dieser Gegend im Besonderen erfahren konnte. Trotzdem war ich sehr erleichtert, als ich mein eigenes Auto mit Friedrich als Fahrer zeitgleich mit uns auf dem Hof einfahren sah. Jetzt stand ich nicht mehr so konzentriert im Mittelpunkt, denn ein »verlorener Sohn« kehrte nach Hause zurück. Friedrich war fast 10 Jahre lang nicht mehr in seinem Elternhaus gewesen, in dem seine drei Brüder mit ihren Frauen und Kindern zusammen lebten. Das war schon geballtes Familienleben und ich konnte Friedrich gut verstehen, dass man sich dem nur alle zehn Jahre aussetzen möchte. Unter der Woche gingen alle ihrem Tagesgeschäft nach. Die Brüder kümmerten sich um die Landwirtschaft und die Frauen um Haushalt und Kinder. Die Sonntage waren Familientage, oder sollte ich besser sagen, der Familientag. Alle erwachsenen Familienmitglieder versammelten sich nach dem gemeinsamen Mittagessen im Kaminzimmer. Der Patriarch schenkte Portwein aus und schwadronierte über längst Vergangenes. Seine verheirateten Söhne saßen mit ihren Frauen auf den soliden Ledersesseln um ihn herum, eine in meinen Augen unübersichtliche Schar kleiner Kinder tobte durch die Zimmer des Untergeschosses im 14-Zimmer-Haus. Ich hatte mich auf einen Beistellhocker gesetzt und beobachtete das Familientreffen von einer tiefer liegenden Position aus, eingekeilt zwischen den Sesseln von Friedrich Junior und meines Schwagers in spe Wolfgang. Es war das Übliche: die Frauen hingen ihren Gedanken nach und schwiegen, ihre Männer zollten ihrem Vater noch etwas Anerkennung – gab es doch viel zu erben – und warfen hier und da einen Kommentar in den Raum. Durch den Raum schwang eine solche Lässigkeit und Trägheit, dass ich mich nur mit Mühe auf meinem Hocker halten konnte. Friedrich ging es ähnlich. Zunächst in aufrechter Haltung sackte er immer mehr in sich zusammen, obgleich der auf die Armlehne aufgestellte linke Unterarm den Kopf vor dem Absinken auf die Brust bewahren sollte. Seine Augen fanden keinerlei Unterstützung, so dass sie sich in regelmäßigen Abständen für eine kleine Weile schlossen. Unterbrochen von seinen eigenen leisen Schnarchlauten schreckte mein Liebster immer wieder auf.

Was tat ich hier? Saß ich hier einen trüben Herbstnachmittag ab, weil ich einen guten Eindruck bei meinem Schwiegervater in spe schinden wollte? Mit meinen Schwägerinnen hatte ich wenig gemeinsam, konnte ich mich während der Küchenarbeit über Babymenüs und Kinderkrankheiten mit ihnen unterhalten; das hatte mir zu Hause ja auch so gefehlt.

Waren meine Gedanken zu laut geworden? Meine gedanklichen Lästereien wurden unterbrochen, als ich den Blick meines Schwagers Georg auf mir ruhen spürte mit dem verschlagenen Grinsen, das die schönen vollmundigen Lippen aller männlichen Vertreter dieser Sippe ziehen können. Seine Augen blitzten mich aufmunternd an, während er lustvoll sein Glas auf die übertrieben herausgezogene Unterlippe setzte und, ohne die Augen von mir abzuwenden, das Glas in der berühmten Ex- und Hopptechnik in einem Zug leerte.

Wollte er mich provozieren? Das kann doch jetzt nicht wahr sein!? Ich staunte nicht schlecht, aber nicht so sehr über das provozierende Verhalten meines Schwagers, sondern viel mehr über die Wirkung, die es bei mir auslöste. Ameisen, tausend Ameisen krabbelten in meinem Unterleib. Bei anderen mögen es Schmetterlinge sein; mich kitzelten inwendig Ameisen. Gleichzeitig fühlte sich mein Unterleib wie ein leerer Brunnen an, der nach Wasser lechzte. Einem Hohlraum gleich, der danach schrie, gefüllt zu werden, von dieser protzenden Männerkraft.

Und nun? Ich schaute nach links und nach rechts. Rechts saß mein leise vor sich hin schnarchender Freund und links gegenüber der erotischste Jungbauer ganz Thüringens. Was für ein Kontrast!

Sollte ich auf die Provokation reagieren? Meinen Schwager in spe verführen? Schwer atmend blieb mein Blick auf der Tür im hinteren Teil des Kaminzimmers hängen. Das Kribbeln im Bauch wurde stärker und schien mir zu signalisieren, dass dort hinter der Tür die Lösung für mein Problem zu finden sei. Mit meiner linken Hand streifte ich, während ich zur Tür ging, die gespannten Muskelpakete von Georgs Oberschenkel und ging so lässig wie möglich, eine Entschuldigung murmelnd, durch das Zimmer, öffnete die lockende Tür und verschwand in das kühl gewordene Treppenhaus.

Stockdunkel war der Korridor. Meine rechte Hand tastete die Wand entlang, um einen Lichtschalter zu finden; vergeblich. Die Hände vorgestreckt, schlurfte ich über den Terrazzo-Boden, um die Treppe zu finden, an deren Aufgang ich einen Lichtschalter vermutete. Doch bevor ich diesen erreichen konnte, ging die Tür noch einmal auf, der kurz eindringende Lichtstrahl aus dem Kaminzimmer zeigte mir, dass ich die Hälfte des Weges schon bewältigt hatte. Dann war es wieder dunkel. Ich traute mich weder weiter, geschweige denn mich umzudrehen. Alles blieb still. Mit angehaltenem Atem hörte ich in die Stille hinein. Nichts – nichts war zu hören. Und doch. Ich spürte in meinem Rücken, dass da jemand war. War das etwa Georg? Mein Gott, komm schon, berühr´ mich, nimm mich, dachte ich. Ich bewegte mich keinen Millimeter.

Na endlich! Zwei Hände schoben sich von hinten auf meine Brüste; heißer Atem kitzelte mein Ohr, der ganze männliche Körper drückte sich von hinten an mich ran, ich spürte das Glied in meiner Pospalte und …

»Scheiße, so geht das nicht!«, stieß ich hervor, drehte mich blitzschnell um und hielt den Verführer auf Abstand. Ich zitterte weniger aus Erregung denn aus Wut.

»Warum musst du mich auch so erschrecken?«

»Du meinst wohl, enttäuschen.« Friedrich trat einen Schritt zur Seite und schaltete das Licht an. Da standen wir im kalten Neonlicht. Schaute mich mein Freund traurig oder verachtend an? Ich konnte es nicht erkennen.

»Du hast doch offensichtlich jemanden erwartet?« Friedrich wartete verdächtig ruhig auf eine Antwort.

»Ach, Friedrich, kannst du dir nicht vorstellen, dass wir Frauen auch schon mal erotische Fantasien haben und auf deren Realisation hoffen, – ja und irgendwie glaubte ich mich heute Abend hier in diesem Flur einer solchen sehr nahe.«

»Du hättest sie doch haben können, wenn du sie nicht so brutal unterbrochen hättest, ich hätte gerne den geheimnisvollen Liebhaber gespielt hier im arschkalten Treppenhaus.«

»Ja, aber erotische Fantasien hat man doch nie mit dem schon längst vertrauten Freund. Der besondere Kick ist doch der, dass etwas Verbotenes dabei ist.«

»Na ja, Ficken im Treppenhaus ist zwar nicht verboten, eher nicht erwünscht, allein schon wegen der Kinder. Aber ein echtes Tabu ist die Verführung der Familienmitglieder. Das habe ich dir schon einmal gesagt. Einen gelegentlichen Seitensprung kann ich akzeptieren, aber auf keinen Fall mit einem meiner Brüder. Das bringt Streitereien in die gesamte Familie und das ist die Sache nicht wert.«

»Tja, siehst du, mit diesem Verbot hast du mich heiß gemacht.«

»Willst du damit sagen, dass ich dann noch dafür verantwortlich wäre, wenn du es mit einem meiner Brüder treibst? Bist du jetzt von allen guten Geistern verlassen?«

»Ach, was soll's. Worüber streiten wir uns denn? Dein Bruder hat ja noch nicht einmal reagiert. Du siehst also, deine Brüder sind tugendsamer als ich.«

Mittlerweile zitterte ich wegen der Kälte. Ich trat von einem Bein auf das andere und strich mir mit den Händen die Arme warm.

»Komm, lass uns rein gehen, ist doch eh nichts passiert.«

»Aber könnte es nicht geschehen?«

»Nein, verdammt, du hast es doch selbst gesehen, deine Brüder machen ja nicht mit. Also, lass mir wenigstens meine Fantasien.«

Ich ging an Friedrich vorbei und öffnete die Tür. Zusammen traten wir ein. Sofort sah ich, dass Georgs Platz leer war. Friedrich registrierte es im selben Moment.

»Von wegen tugendsamer Bruder«, murmelte er in meine Richtung.

Was war gerade? Ich schreckte auf. War ich für einen Moment eingenickt, hatte ich geträumt oder war gerade etwas geschehen? Der

Patriarch schwadronierte immer noch. Es hatte sich nichts verändert, nur dass ein Platz mir links gegenüber leer war. Wo war Georg?

Ein Blick auf die Standuhr gab die Antwort. Es war bereits halb sieben und die Kühe brauchten ihren Bauern, um gemolken zu werden. Ich schaute Friedrich an. Auch er rieb sich etwas verschlafen die Augen. Ach ja, der Nachmittag war überstanden. Für den Abend hatten wir Freigang und wollten das Nachtleben in Thüringens Landeshauptstadt suchen.

Als wir alleine unterwegs waren, erzählte ich Friedrich von meinen Fantasien. Er hatte Spaß daran und schlug vor, dass wir es mal in einer Umkleide eines Kaufhauses machen könnten. Aber so verwegen war ich wahrlich nicht. Fantasie und Realität bleiben zwei paar Schuhe für mich. Diese Fantasien hatte ich nur in meiner Zyklusphase mit dem Eisprung. In dieser Phase war ich meinen Hormonen unterlegen, aber dass ich so etwas Verbotenes dann auch tun wollte, war mich unvorstellbar.

So blieben wir zusammen und unser gemeinsamer Sex machte mir Freude, wenn es denn nicht zu häufig sein sollte. Jedoch war mir klar, dass diese nur einmal im Monat stattfindende Lust auf Sex nicht die aussichtsreichste Grundlage für eine lang dauernde Ehe sein würde. Aber bei Friedrich war ich mir fast sicher, da mir eine Erklärung von ihm auf dem Yoga-Seminar zu dem Thema Sex und Liebe aufgefallen war. Als ich diese hörte, stellte sich blitzartig die Bereitschaft ein, mich auf ihn einzulassen. Es war sozusagen einzig und allein von einem Satz ausgelöst worden, der sich fast wie ein Nebensatz anhörte: Sex und Liebe seien nicht zwingend gleichzusetzen. Für ihn sei eine Partnerschaft ohne Liebe undenkbar, aber ohne gemeinsamen Sex möglich. Sex sei nicht so wichtig wie die Liebe. Das nickte natürlich die Mehrheit der Teilnehmer dieses gemeinsamen Abends in gemütlicher Runde einvernehmlich ab. Das war nun nicht die aufregendste These des Abends, aber für mich war sie entscheidend. Friedrich konnte der Mann für mich sein, mit dem ich gemeinsam »alt werden könnte«. So praktisch dachte ich. Ich, die ich nur alle vier Wochen ein sexuelles Bedürfnis empfinden konnte, wäre sicherlich schnell überlastet mit einem Partner, der mehrmals wöchentlich oder gar jede Nacht Verkehr haben wollte. Aber ein Mann, der frei heraus verkündete, eine Partnerschaft ohne Sex sei für ihn vorstellbar, gewann mein uneingeschränktes Interesse. So kam es, dass ich ihn für eine Zigarette anschnorrte.

Ich lernte seine Familie kennen, er lernte meine Eltern kennen. Meine Schwestern waren über ganz Deutschland verteilt, so dass er sie erst nach und nach kennenlernen konnte. Seine Familie gluckte zusammen. Das war neu für mich. Ein krasser Gegensatz zu meiner Familie, die die Eigenständigkeit einer jeden von uns Schwestern als höchstes Gut schätzen lehrte und von unserer Mutter propagiert und unterstützt wurde: Wenn du dich auf andere verlässt, bist du selbst verlassen. Das war ihr Credo, das uns fünf Schwestern mehr als wir ahnten, prägte. In Friedrichs Familie wurde das klassische Familienbild geschätzt und gelebt: der Mann sorgte für das Auskommen und die Frau für die Kinder und den Haushalt. Und das schien auch noch in seiner Familie zu funktionieren. Die einzelnen Familienmitglieder wirkten alle entspannt und mit sich und der Welt im Reinen. Ich fühlte mich gut aufgenommen in seiner Familie, war aber trotzdem völlig damit einverstanden, dass wir gut 400 km von seiner Familie entfernt in Köln lebten. Nachdem wir geheiratet hatten, bot uns sein Vater auch eine schöne Immobilie in seinem Heimatdorf an, in der wir hätten wohnen können. Aber das lehnte ich entschieden ab. Als Begründung nannte ich unsere Arbeitsplatzsituation. Weder Friedrich noch ich hätten in der Nähe dieses Dorfes in Thüringen Arbeit gefunden. Aber selbst wenn wir dort hätten arbeiten können, wäre ich nicht dorthin gezogen. Ich ahnte, dass mir so viel Familie auf einmal in einem Ort nicht guttun würde. Gründe für diese Empfindung konnte ich damals noch nicht formulieren. Es war aber auch nicht nötig. Für Friedrich war das völlig in Ordnung, in Köln mit mir leben zu können. Dass wir zwei zusammen gehörten, zeigte sich auch darin, dass ich sehr schnell schwanger wurde. Ich hatte nie verhütet, was sicherlich sehr blauäugig war, aber irgendwie war es mir unvorstellbar, schwanger zu werden. Deshalb gingen Friedrich und ich davon aus, dass eine Schwangerschaft sicherlich ein Gottesgeschenk sein würde. Und so beruhigte ich mich auch mit dem Gedanken, dass die Schöpferkraft mir nur das zumuten würde, was ich ertragen könnte. Ich war schon 37 Jahre bei meiner ersten Schwangerschaft und das galt als Risikoschwangerschaft. Aus diesem Grunde wurden meine gynäkologischen Untersuchungen engmaschig gelegt und die Frauenärztin wunderte sich irgendwann darüber, dass die Herztöne des Kindes ausschließlich nach den Wochenenden zu hoch waren. Das stimmte sie bedenklich und sie bat mich an den Wochenenden Ruhe zu halten und jeglichen Stress zu vermeiden. »Ja, aber ich fahre an den Wochenenden doch nur zu meiner Mutter, die verwöhnt mich, ich habe dort meine Ruhe.«

»Das kann nicht sein, unter der Woche sind die Herztöne Ihres Kindes normal. Nur an den Montagen ist das CTG so auffällig. Wenn Sie Stress mit Ihrer Mutter haben sollten, muss ich Sie bitten, die Besuche zu unterlassen, das Kind ist sonst gefährdet.«

Ja natürlich hatte ich Stress mit meiner Mutter, ich hatte immer schon Stress mit ihr und sie hatte Stress mit mir, seit meiner Geburt. Ich darf daran erinnern: 5. Kind, 13 Monate nach einer Zwillingsgeburt geboren!! War es dann verwunderlich, wie meine Mutter reagierte, als ich ihr am Telefon einen Enkel ankündigte? Sie sagte: »Na, du musst es ja wissen.« Ich war geschockt. Keine Gratulation, keine Freude! *Na, du musst es ja wissen.* Traute sie es mir nicht zu? Würgte sie mir jetzt schon wieder rein, dass Kinder nur Ballast sind. Das Leben ohne Kinder immer vorzuziehen sei? All dies Unausgesprochene stand bei jedem Besuch während meiner Schwangerschaft zwischen uns. Ich konnte das nicht vergessen. Aber meine Mutter war mir gegenüber fürsorglich, sie wollte mich bekochen und entlasten. Vielleicht hatte sie es schon wieder vergessen gehabt. Jedoch die Belastung übertrug sich auf das Kind. Im siebten Monat erklärte Friedrich meiner Mutter sehr vorsichtig und einfühlend, warum ich nicht mehr zu ihr fahren konnte. Was er genau meiner Mutter sagte, weiß ich nicht, aber meine Mutter akzeptierte es. Sie sprach mich nie darauf an. Nach der Geburt schien wieder alles beim Alten zu sein: Wir besuchten uns, sie mochte meinen Sohn und alles schien wieder in bester Ordnung zu sein. Jedoch mein Kleiner, so klein wie er war, er wollte nie auf dem Arm meiner Mutter bleiben. Karlchen zeigte sehr früh eine Distanz zu meiner Mutter, die er auch nie ablegte, solange sie lebte.

So lebte ich nach außen hin ein gelungenes Leben: einen fürsorglichen Ehemann und Vater unserer beiden Söhne. Beamtenstatus meinerseits, interessanter Arbeitsplatz für Friedrich. Eigenes Haus, keine finanziellen Sorgen. Alles gut, von außen betrachtet. Was wäre jetzt noch zu erzählen?

Das Leben des Inneren

Da wäre noch die Geschichte, die mein Innenleben erzählt. Eine Geschichte, die sich in meinem Innersten abspielte und die das Fundament wurde, mit dem ich die weiteren Katastrophen meines Lebens anzunehmen lernte.

Alle meine bis dahin erlebten Katastrophen versuchte ich nach der Episode mit Euler mithilfe von Verhaltenstherapie in mein Leben zu integrieren. Das funktioniert aber nur auf einer oberflächlichen Ebene. Die verwundete Seele wird wieder geschmeidig gemacht, indem Verhaltensstrategien erarbeitet werden, die den Betroffenen vor zu starker emotionaler Inanspruchnahme schützen sollen. Das funktioniert auch, wenn nicht zu viele weitere Katastrophen eintreten. Denn nach jeder weiteren größeren Stresssituation müssen die erlernten Verhaltensweisen wieder mithilfe eines Therapeuten überdacht und gegebenenfalls angepasst werden. So bleibt man vielleicht gesellschaftsfähig, aber nicht eigenständig und unabhängig. Dafür gibt es eine andere Ebene, eine Ebene, die fundamental stärkt. Eine Ebene, die tatsächlich befreit von Ängsten dieser Welt. Eine Ebene, die in allen Gebeten dieser Welt angesprochen wird, angefleht oder gar eingefordert wird: Es ist die geistige, die religiöse oder auch spirituelle Ebene, die, wenn sie nicht nur geglaubt, sondern erfahren wird, ein echtes Fundament für die Seele oder auch Psyche wird.

Diese spirituelle Erfahrung durfte ich erleben, nachdem ich fast vierzig Jahre sämtliche Hinweise und Zeichen übersehen hatte oder auch bewusst nicht wahrnehmen wollte.

Die Schöpferkraft bleibt beständig an jedem dran, sogar auch an mir! Der unfreiwillige Prophet Jonas aus der Bibel lässt grüßen. Aber auch viele Dichter beschreiben ihre spirituelle Ahnung und auch Bekenntnisse, zum Beispiel Rainer Maria Rilke:

Nächtens will ich mit dem Engel reden

Nächtens will ich mit dem Engel reden,
ob er meine Augen anerkennt.
Wenn er plötzlich fragte: Schaust du Eden?
Und ich müsste sagen: Eden brennt.

Meinen Mund will ich zu ihm erheben,
hart wie einer, der nie begehrt.
Und der Engel spräche: Ahnst du Leben?
Und ich müsste sagen: Leben zehrt.

Wenn er jene Freude in mir fänd,
die in seinem Geiste ewig währt, -
und er hübe sie in seine Hände,
und ich müsste sagen: Freude irrt.

Rainer Maria Rilke, 1914

In dem Haus, in dem ich mit meiner Familie lebe, konnte ich mir einen Raum einrichten, der nur für mich alleine ist. Selbst meine geliebte Hündin lasse ich nicht in diesen Raum, da er nur für mich sein soll. In diesem Raum habe ich mir eine Wand ausschließlich mit Bildnissen von Frauen gestaltet, die mir seelisch etwas bedeuten, deren Leben oder Überlieferungen, die wir von ihnen haben, mich in meinem Innersten ansprechen. Angefangen hatte ich mit Marien-Ikonen. Vor ihnen meditiere ich gerne oder bete den Rosenkranz. Im Laufe der Zeit sind noch zwei weitere Bilder hinzugekommen. Das eine von Maria Ward, einer englischen Ordensstifterin aus dem 15. Jahrhundert zur Zeit der Katholikenverfolgung in England. Diese Frau hatte es fertig gebracht, dreimal von Belgien nach Rom hin und wieder zurück zu pilgern, um vom jeweiligen Papst die Anerkennung für ihren Orden zu erbitten. Ihre Biografie hatte mich schon als junges Mädchen fasziniert. Ein weiteres Bild ist das von Vicky Wall, einer englischen Jüdin, die im rüstigen Alter von über 60 Jahren in den 1960er-Jahren, Visionen und Offenbarungen erhalten hatten. Diese Offenbarungen machten es ihr möglich als erblindete Frau Flüssigkeiten in den unterschiedlichsten Farben herzustellen. Dieses System ist als Auro soma bekannt und soll den Menschen helfen, offen zu werden oder zu bleiben für den spirituellen Weg. Eine gewisse Zeit habe ich mich in diesen Kreisen, die sich mit Auro soma beschäftigen, aufgehalten und wohlgefühlt. Doch irgendwann verlor ich den inneren Kontakt zu ihnen, ich fühlte mich nicht mehr dazu gehörend und so brach ich die Kontakte ab. Dafür saß ich dann wieder in meinem Raum und beklagte mich bitterlich vor meiner Ikonen-Wand über meine innere Leere, die mich immer und immer wieder einholte. War denn da niemand, der mich in meinem Innersten verstehen kann, der meine innere Not erkennt und wegzunehmen versteht?

Vor meiner Wand sitze ich und beweine meine innere Wüste, als sich plötzlich etwas auf der Wand verändert. Ich nehme es zunächst nur verschwommen wahr, weil meine Augen tränenvoll sind. Einen ungewöhnlich hellen Fleck entdecke ich auf einem der Bilder. Schnell wische ich mir die Augen trocken und ja, das Bild von Maria Ward hat sich verändert: Ihr Gesicht ist nicht mehr als Gesicht zu erkennen, sondern als eine helle Fläche, die mir schwach pulsierend entgegen leuchtet. Mit angehaltenem Atmen blinzle ich auf das Bild. Noch bevor ich mir überlegen kann, was das sein könnte, höre ich eine Stimme; sie kommt nicht aus dem Bild. Diese Stimme ist um mich herum, im ganzen Raum:
»Willst du reden?«
Ich fasse es nicht! Geht das jetzt wie im Gedicht von Rilke »Nächtens will ich mit dem Engel reden«? Sind meine Gebete erhört wor-

den, meldet sich die Schöpferkraft direkt bei mir? Was soll ich sagen? Will ich reden? Ja, worüber denn? Himmel, was geschieht hier gerade? Plötzlich höre ich mich etwas sagen, irgendetwas in mir lässt dies so geschehen: »Reden brennt.«, ist meine Antwort. So, und jetzt? Das war ja keine Zu- oder Absage, sondern lediglich eine Feststellung, woher auch immer. Vielleicht daher, woher jetzt die Stimme herkommt.

Nach diesen Worten befinde ich mich in einer eigenartigen Stimmung. Es erscheint mir so natürlich, so klar, gar nicht befremdlich mehr, dass da eine Stimme mit mir spricht, die wohl von einer höheren Instanz geschickt worden war. Ich werde hineingetragen in das Gespräch wie ein Vogel, der mit einer Windböe in weitere Höhen getragen wird, so nimmt dieses seltsame Gespräch seinen Lauf:

»Erzähle mir von deiner geistigen Prägung, wer hat dich beeindruckt? Gab es jemanden, der dich geleitet hat, dem du vielleicht als Kind nacheifern wolltest?«

»Geprägt wurde ich sicherlich, aber geleitet? Als Kind hatte ich das nicht so empfunden. Ich war ja eine unter vielen, die Jüngste, die, die zu viel war. Ja, der Kirchgang war wichtig. Der stand so fest, wie ein Fels in der Brandung. Da gab es kein Vertun. Am Sonntag marschierten wir alle in die Kirche. Aber nicht geschlossen als eine Familie, nein, wir Kinder immer zehn Minuten früher und die Mutter, manchmal mit dem Vater, aber eher selten, kam später und setzte sich auch nicht zu uns. Sie saß immer so, dass sie uns im Blick hatte, unter ihrem strengen, kontrollierenden Blick.«

»Hattest du dich in der Kirche wohlgefühlt?«

»Ja und nein. Die katholische Messe fand ich sehr, sehr lang. Ich hatte nichts verstanden. Aber die Lieder sang ich immer gerne mit. Überhaupt gefiel mir das Brausen der Orgel sehr gut. Aber als geliebtes Kind Gottes konnte ich mich beim besten Willen nicht fühlen. Ich hatte als Kind noch viel zu große Angst davor, irgendetwas in dieser komplizierten Gottesdienstordnung falsch zu machen. Wo ich aber gerne hinging, waren die Marienandachten im Mai. So lange wir klein waren, schickte uns unsere Mutter dorthin. Meine älteren Schwestern fanden diese Kirchgänge höchst überflüssig und nahmen an, dass meine Mutter uns weniger aus Frömmigkeit dorthin schickte, sondern weil sie uns alle dann wenigstens für eine Stunde aus dem Haus hatte. Ich traute mich gar nicht, ihnen zu gestehen, wie gerne ich in diese Andachten ging. Dort fühlte ich mich so wohl, weil ich in diesen Andachten eine Ahnung davon bekam, was es heißt angenommen zu sein und Güte zu erfahren. Ich fühlte mich tatsächlich geborgen und sang das Lied *Maria breit den Mantel aus,* aus vollem Herzen mit.«

»*Hattest du dich dafür geschämt?*«

»Geschämt, weil ich gerne in die Mai-Andacht ging oder weil ich dieses eine Lied so gerne sang?«

»*Nun, – beides.*«

»Ich weiß nicht, ob ich sagen kann, dass ich mich geschämt hätte, wenn ich meinen Schwestern widersprochen hätte. Es war eher Angst, weil ich nicht abschätzen konnte, wie sie regieren würden. Würden sie mich deswegen nur auf den Arm nehmen und wohlwollend über mich lachen oder würden sie mich runter putzen und mich lächerlich machen? Oder würden sie mich erst gar nicht beachten? Dann lieber kein Bekenntnis und weiter meine Ruhe haben. – Einmal ist mir ein Bekenntnis rausgerutscht und dafür habe nachsichtiges Lächeln geerntet, das ging noch. Wir waren auf einem unserer Sonntagsausflüge in der Benediktinerabtei Maria Laach. Die Mönche dieser Abtei sind bekannt für ihre gregorianischen Chorgesänge. Einem solchen Chorgesang wohnten wir bei. Ich war so ergriffen, dass ich nach dem Ende damit herausplatzte, dass ich, wenn ich groß wäre, hier leben wollte. Eine meine älteren Schwestern desillusionierte mich sofort, in dem sie darauf hinwies, dass das in einem reinen Männerkloster wohl schlecht ginge. Ich kam mir als Kind immer so vor, als hätte ich von religiösen Dingen keine Ahnung, deshalb schwieg ich darüber, wenn mir religiös irgendetwas gefiel.«

»Es gab niemanden, mit dem du als Kind sprechen konntest?«

»Nein, ich kann mich an niemanden erinnern.«

»Aber wie kam es dazu, dass du katholische Theologie studiert hast?«

»Das war reines Kalkül. Nachdem ich durch Euler motiviert wurde, auf Lehramt zu studieren, erfuhr ich, dass ich mit dem Fach katholische Religion sichere Einstellungschancen als Lehrerin haben würde. Also belegte ich neben Deutsch auch dieses Fach. Lieber hätte ich als Zweitfach Geschichte studiert. Die theologischen Inhalte interessierten mich nicht wirklich. Ich arbeitete die Themen ab, um die Qualifikationen für die Prüfungen zu bekommen und mehr nicht. Das eigentliche Thema, das mich wirklich interessierte war doch Euler und seine Psychoanalyse. Freud hatte die Religion doch auch nur als psychoanalytisches Studienthema ernst genommen.«

»Du warst nicht an den theologischen Inhalten interessiert? Glaubtest du denn an so etwas wie Gott?«

»Nun ja, ich war katholisch aus Tradition. Es gab für mich schon immer die Existenz Gottes, ich glaubte als Kind ja auch intensiv an Maria als Gottesmutter. Aber von meiner Mutter haben wir auch die Haltung übernommen, dass Glauben und Kirche zwei paar Schuhe seien. Deshalb konnte ich das Theologiestudium ohne intensive innere Beteiligung absolvieren.«

»Und wie hast du dann den Zugang zu unseren Sphären gefunden?«

»In dem ich als Lehrerin vor meinen Religionsstunden in der Schule das Beten gelernt habe, bzw. die Wirkung des Betens.«

»Ja, irgendwann sind wir einfach nicht mehr zu übersehen!«

»Na, ja der Weg war noch lang genug. Aber ich will es gerne erzählen, wie ich euch langsam aber sicher wahrnehmen lernen musste.«

»Das hört sich aber etwas widerspenstig an.«
»Es war auch nicht einfach für mich. Wie gesagt, ich hatte keine Vorbilder, niemanden mit dem ich darüber sprechen konnte. Aber jetzt erzähle ich erst mal: Wegen meines Charakters und meiner Arbeitseinstellung ging ich bis dahin davon aus, dass die Vorgaben des Studienseminars hinsichtlich der Unterrichtsgestaltung, gut und schlüssig vorbereitet zu sein, auf jeden Fall immer um- und durchzusetzen seien. Mit dieser Haltung gingen nicht wenige Religionsstunden gründlich schief, vor allem die in den neunten und zehnten Jahrgängen. Die Schüler mochten es nicht, wenn ich ihnen direktiv vorgab, wie die Stunde zu verlaufen hatte. Sehr schnell mochten sie auch mich nicht mehr und ließen mich dies deutlich spüren. So kam es, dass ich in meiner Hilflosigkeit die Verantwortung für das Gelingen der jeweiligen Stunden Gott übergab, trotz guter Vorbereitung. Noch vor dem Eintreten in die jeweilige Klasse, wandte ich mich innerlich an die Schöpferkraft und forderte Hilfe ein: wenn diese ominöse Kraft will, dass die Jugendlichen irgendetwas von eben dieser erfahren sollen, dann sollte diese sich auch bitte schön darum kümmern. So formulierte ich meine Stoßgebete.
War das unverschämt? Demütig war es bestimmt nicht. Aber wirksam! Diese Stunden, die ich mit einem solchen Gebet begann, liefen rund. Ich konnte mich auf die Schüler einlassen und mein Konzept Konzept sein lassen. Das Konzept half mir den Einstieg zu finden, dann trat aber die Phase des authentischen Austausches ein, den ich dann auch noch schwungvoll als Tafelbild veranschaulichen konnte und den Schülern als handfeste Aufgabe zur Abschrift vorschlug. Es war gut so: Ich hatte vielleicht thematisch etwas anderes erreicht, aber die Schüler und ich waren am Ende zufrieden. War da etwas von Gottes Geist durch geweht? Der Gedanke ließ mich nicht mehr los, auch wenn ich noch sehr dazu tendierte, diesen Mechanismus psychologisch erklären zu wollen: Innehalten vor der Stunde ist wie

die Vorbereitung auf das Gebet, das Gespräch mit Gott. Geschieht dies im ehrlichen Vertrauen auf Gott, setzt eine innere Losgelassenheit ein, die die Loslösung vom vorgegebenen Konzept ermöglicht. Dieses Loslassen führt zu einer entspannten Atmosphäre, in der sich die Wirkung des Geistes Gottes erahnen lässt. Auf jeden Fall ergibt dies – summa summarum – eine gelungene Stunde, in der sich Schüler und Lehrerin gegenseitig Respekt erweisen. Und diese Erfahrungen verführten mich dazu, die Wirkmächtigkeit von Gebeten näher in Betracht zu ziehen.

»Das heißt, dein Vertrauen in unsere Richtung wurde dir erst in dieser Lebensphase bewusst?«

»Ja, wie gesagt, meine Vernunft versuchte mir immer wieder Erklärungen zu liefern, die im logischen Bereich lagen. Ich konnte mich noch nicht auf dieses Numinose, dieses Überbegreifliche einlassen. Erst ein weiteres Erlebnis brachte mir die Präsenz des Heiligen Geistes unheimlich nahe.«

»Willst du es erzählen?«

»Der Schulleiter bat mich für die Schüler des zehnten Jahrgangs einen Abschlussgottesdienst durchzuführen. Ich war wenig begeistert, denn der Religionskurs in diesem Jahrgang war mein bisher schwierigster. Die Schüler und Schülerinnen ließen sich wenig auf die Inhalte der christlichen Botschaft ein. Ich fand jedoch Unterstützung bei der hiesigen Pastoralassistentin, die mit mir, in Abwesenheit der Schüler, einen schönen Abschlussgottesdienst vorbereitete. Sie versprach mir, die Durchführung des Gottesdienstes zu übernehmen. So war ich zuversichtlich, dass es klappen würde. Der Tag kam und in der ersten Unterrichtsstunde waren alle Schüler und Schülerinnen des Jahrgangs Zehn in die Kirche eingeladen. Es kamen auch nicht wenige. Sogar die Teilnehmer meines Kurses setzten sich grinsend in die erste Sitzreihe. Sie wollten sich wohl nichts entgehen lassen. Die Pastoralassistentin meisterte routiniert und souverän diesen Abschlussgottesdienst. Eine Überraschung wartete jedoch auf mich. Ohne das mit mir abgesprochen zu haben, erklärte sie den Schülern, dass ich, ihre Religionslehrerin, sicherlich noch ein paar Worte zum Abschluss sagen wollte. Dabei schaute sie mich aufmunternd an und überließ mir mit einer einladenden Armbewegung den Platz am Ambo, dem Stehpult. Mechanisch und nicht wenig entgeistert stand ich auf. Was sollte ich sagen? Ich hatte nichts, aber auch gar nichts vorbereitet. Himmel, steh mir bei. Nein, das war keine Phrase. Es war wieder dieser Moment, in dem ich mich auf Gott berief und seine Hilfe einforderte: Wenn du willst, dass jetzt etwas Gescheites aus meinem Mund kommt, dann sorg´ auch dafür. Kaum hatte ich dieses Bittgebet schweigend vollbracht, stand ich auch schon am Ambo. Ich schaute in den nur mit Kerzen ausgeleuchteten Kirchenraum und erkannte erwartungsvolle Gesichter: »Ja, jetzt habt ihr es geschafft ...«, weiter weiß ich nicht mehr. Ich wusste es auch direkt danach nicht mehr, was ich ihnen mit auf den Weg gegeben hatte, irgendetwas mit Raum der Stille, Raum des Friedens. Es kam einfach so aus mir heraus. Mit den allerbesten Wünschen für ihre Zukunft verließ ich den Altarraum und der Abschlussgottesdienst war beendet. Und wie bei einer Theateraufführung brach ein Applaus los. Die Pastoralassistentin lachte und freute sich, da hätten wir die Jugendlichen also erreicht und angesprochen. Ja, das stimmte, ich war noch ganz benommen von meinem Kraftakt. Doch es kam noch überraschender. Die Schüler aus meinem Kurs kamen zu mir und bedankten sich mit Handschlag für das, was ich ihnen mit auf den Weg gegeben hätte. Ich war sprachlos. Das hätte ich mir nie träumen lassen, dass sich Sechzehnjährige in dieser Form bei mir bedanken würden. Ich hätte nur zu gerne gewusst, was ich ihnen gesagt hatte. Aber die Pastoralassistentin konnte sich auch nicht mehr so genau daran erinnern, außer an das mit dem Raum für Stille, Raum für Frieden.

Wie gesagt, ich war sprachlos. Konnte es wirklich sein, dass der Heilige Geist durch mich gesprochen haben sollte. Ich wollte und konnte das immer noch nicht glauben.«

»*Ja, du warst ein sehr schwieriger Fall.*«

»Das glaube ich gerne. Nach diesen Erfahrungen versuchte ich trotz besseren Wissens so weiter zu machen wie bisher, als sei nichts geschehen. Es setzte die Phase ein, in der mir vieles unheimlich vorkam.«

»*Aber glaub mir, wir blieben dran!*«

»Allerdings, eines Abends wurdet ihr richtig aufdringlich. Ja, gut Papst Johannes Paul II war für mich lange Zeit ein weiteres historisches Faktotum der Institution Kirche. Ich konnte mit der Amtskirche und seinem Oberhaupt gar nichts anfangen. Für den Religionsunterricht musste ich mich mit ihm auseinandersetzen, um den Jugendlichen ansatzweise erklären zu können, warum dieser Papst eine solche Faszination auf Millionen Menschen ausübte und warum er sein Sterben öffentlich werden ließ. Ich las einige Biografien über ihn und entdeckte dabei seine Marienverehrung.«

»*Das registrierten wir mit großem Wohlwollen.*«

»Ja, und dann habt ihr zugeschlagen.«

»*Na, na na, wir wollten die Gunst der Stunde nutzen, dir zu helfen.*«

»Es war schon unheimlich. Da tigerte ich am Abend alleine durch mein Wohnzimmer, wissend, dass es wohl die letzte Nacht des Papstes werden würde, so eindeutig wie die Presse sein Ableben angekündigt hatte und dann kam eure Aufforderung: Bete den Rosenkranz für den Papst!«

»*Ja, da warst du ziemlich verdutzt, aber zugänglich. Zuerst noch widerspenstig, weil du glaubtest, ohne den eigentlichen Rosenkranz diesen nicht beten zu können. Aber so klug, wie du bist, wurde dir schnell klar, dass es nicht um den konkreten Rosenkranz mit seinen Perlen ging.*«

»Ja, das war mir irgendwie klar; ich sollte für Papst Johannes, seine große Fürbitterin, Maria, ansprechen. Mich und ihn ihr anvertrauen. Dass er Maria voll und ganz vertraute, das wusste ich ja. Aber ich – ich sollte jetzt auch im Vertrauen auf Maria für ihn beten. Ja, gut. Für ihn beten, das machte ich gerne. Aber was machte das mit mir? Völlig aufgelöst war ich ja dann, als die Totenglocken für ihn einsetzten, nachdem ich dreimal den Rosenkranz für seinen Seelenfrieden gebetet hatte. Hatte ich tatsächlich seinen Übergang mit meinem Gebet begleitet?«

»Na, ja ganz so perfekt war das Timing vielleicht nicht. Es waren aber noch über Tausend andere Gläubige da, die den Papst im Gebet begleiteten. Perfekt, war es aber deshalb, weil du es gewagt hattest, dich darauf einzulassen. Deshalb haben wir das Timing, wie das unter euch Menschen heißt, so gesetzt. Es sollte dir unmissverständlich klar werden: es gibt die unmittelbare Verbindung zur Schöpferkraft, zum Allmächtigen. Du, ihr Menschen, seid nicht allein. Nur das mit dem Timing. Da werden wir uns selten einig. Die Zeitdimension ist keine relevante Größe für die Allmacht.«

»Dieser Abend hat mich ganz schön aufgeregt. Ich konnte es nicht wirklich glauben, wohl wusste ich, einen dickeren Zaunpfahl bräuchte ich eigentlich nicht mehr.«

»Genau, das dachten wir auch: Jetzt muss sie es doch annehmen. Aber nein, Madame schaltete mal wieder ihren mehr als kritischen Verstand ein. Hätte uns klar sein müssen, du hattest noch nicht die Lektion gelernt, dass der Verstand nur das Instrument für die Intuition ist, die die Verbindung zum Göttlichen erfährt. Dein Verstand bemühte mal wieder alles psychologische Wissen, das dir zur Verfügung stand, um diesen Abend rational verstehen zu können. Wir drehten uns also immer noch im Kreis mit dir.«

»Und für diese Lektion habt ihr alle Register gezogen.«

»*So widerspenstig wie du dich aufgeführt hattest. Selbst während der Erfahrungen mit deinem Sohn vertrautes du mehr den soge-nannten Fachleuten als der Gottesmutter, das war nicht konsequent nach der Nacht mit Papst Johannes Paul.*«

»Ich habe aber für meinen Sohn gebetet. Ich habe Maria um Für-sprache gebeten.«

»*Ja, aber halbherzig. Du hast nicht vertraut. Bist wieder abge-rutscht in Depressionen, weil du damit nicht umgehen konntest. Wo war dein Vertrauen, deine Zuversicht? Deine Gebete waren Pflicht-übungen besten falls.*«

»So streng seid ihr?«

»*Was glaubst du denn? Meinst du, wir verschenken den Segen des Glaubens für Pflichtübungen? Nein, da muss schon –, wie sagt, ech-tes Herzblut dabei sein. Bei dir war nur der Verstand dabei.*«

»Ihr müsst aber zugeben, es war der erste Schritt in die richtige Richtung!«

»*Nach wie vielen Vorlagen, die wir bereit gehalten hatten?*«

»Ist ja schon gut, ich habe halt meine von euch gebotene Freiheit voll und ganz ausgenutzt.«

»*Das war uns schon klar, wir sind für alles verantwortlich. Auch für deinen Sohn. Aber auch dafür hast du dir Zeit genommen, ihn aus deiner Vorstellungswelt zu entlassen und Vertrauen zu entwickeln, dass er seinen Weg finden wird, genauso wie du deinen Weg gefun-den hast. Hast du mal darüber nachgedacht, wie viel deine Mutter um dich gebeten hatte. Du hast sie auch in manchen Lebensphasen überfordert und sie wusste nicht mehr, ob sie dich überhaupt noch kennt.*«

»Die Geschichte mit meinem Ältesten kam mir wie eine Wiederho-lung meiner eigenen Kindheit vor. Ich habe da viel auch an meine Mutter gedacht. Aber sie hatte mich auf eine ungesunde Weise ein-fach in Ruhe gelassen, so lange ich den äußeren Schein wahrte. Ich wäre liebend gerne auf eine Sonderschule gegangen, dann hätte ich mich wenigstens mal ernst genommen gefühlt. Aber nein, ich sollte so wie meine Schwestern sein, unauffällig, mit dem Strom schwimmen, nur nicht auffallen.«

»Den Fehler hättest du doch auch beinahe gemacht. Hattest du dich nicht auch lange geweigert, den Rat anzunehmen, Karl-Viktor auf die Förderschule zu geben, damit er sich dort in Ruhe entwickeln möge. Das wäre auch eine Schullaufbahn jenseits des Mainstreams gewesen.«

»Ja, das war eine harte Zeit. Ich konnte es einfach nicht ertragen, zu sehen, dass sich für Karl-Viktor fast das gleiche Drama abzeichnete wie bei mir. Unverstanden, fremd in der eigenen Familie und in der Schule auf der emotionalen Ebene völlig überfordert. Dieses für uns so oft grundlose Toben und Schreien mit den Selbstverletzungen, schon als Vierjähriger. Warum musste dieses Kind so schreien? War ich ihm nicht Mutter genug? Wenn ich über meinen Sohn nachdachte, fühlte ich mich in meine eigene Kindheit zurückversetzt. Aber Karlchen war doch gar nicht so vom Schicksal geschlagen worden wie wir in meiner Familie, dadurch dass mein Vater als Vater ausgefallen war. Warum in aller Welt, sollte es ihm denn so schlecht gehen?«

»Die Frage musst du nicht beantworten. Es ging ihm so, wie es ihm ging. Das muss er lernen anzunehmen, ebenso wie du es akzeptieren lernen musstest: Die Menschen sind nicht so, wie der einzelne Mensch es gerne hätte. Jeder hat seinen eigenen Lebensentwurf und muss dafür geradestehen. Du für deinen und Karl-Viktor für seinen, wie alle deine Mitmenschen. Aber du musstest ihn begleiten lernen.«

»Ja, das hatte ich dann kapiert, als mir dieser seltsame Heilpädagoge empfahl, Karl-Viktor nicht erziehen zu wollen, sondern zu begleiten, er sei schließlich ein Kristallkind. Na, super hatte ich gedacht, was sollte ich denn damit anfangen.«

»Ja, da hat der gute Mann, den wir euren Weg haben kreuzen lassen, ein wenig zu dick aufgetragen. Aber im Grunde genommen sollte er dir die entscheidende Botschaft übermitteln: Nicht erziehen, sondern begleiten! Und das blieb dann auch bei dir hängen.«

»Ich habe es eingesehen. Ab da wurden meine Gebete aber auch schon aufrichtiger.«

»Das haben wir registriert. Die Idee, dich wieder verstärkt an Maria zu wenden, die auch einen unangepassten Sohn hatte, kam schließlich von uns. Und das hast du dann endlich wirklich umgesetzt. Ja, ab da waren wir ein ganzes Stück weitergekommen. Gott, sei dank!«

»Dass du dich jetzt so dankbar zeigst, wundert mich. Habt ihr eine Erfolgsquote dafür, wieviele ihr zum Glauben zurückführt?«

»Uns ist jeder wichtig. Und es fiel uns auch nicht leicht mitansehen zu müssen, wie du dich gequält hast. Aber wie du weißt, des Menschen Wille ist sein Himmelreich. Da sind unsere Einflussmöglichkeiten begrenzt.«

»Ja, dann gab es plötzlich fast kein Halten mehr. Ich fühlte mich wie getrieben, wieder die Messe der katholischen Kirche zu besuchen.«

»Und da waren wir immer ganz nah bei dir ...«

»... und habt mir erlösende Ideen geschenkt!«

»Ja, wir wollten dir auch mal ganz konkret was Gutes tun.«

»Es war so befreiend, endlich einen Zugang zu dem eucharistischen Gebet zu finden: Herr, ich bin nicht würdig, dass du eingehst unter mein Dach, aber sprich nur ein Wort, so wird meine Seele gesund.«

»Uns war klar, dass du dich nicht mit der biblischen Erklärung zufrieden geben könntest. Wie sollte es deinem seelischen Schmerz helfen, wenn du weißt, dass ein römischer Soldat einem Vertreter des unterdrückten Volkes sein vollstes Vertrauen ausspricht, sich vor Jesus, einem Juden, erniedrigt und nur um ein Wort bittet, damit

sein Kind wieder gesund werden möge. Die Frage war berechtigt, was diese Geschichte und dieses Gebet mit dir zu tun haben könnte. Warum sollte der Mensch, solltest du unwürdig sein, Gottes Nähe zu erfahren, wenn er dich doch angeblich liebt? Ja, diese deine Fragen haben wir verstanden und wollten dir helfen.«

»Das hat auch geklappt. Plötzlich wurde es mir klar: ich muss Gott, die Schöpferkraft, die Allmacht nicht verstehen. Wer bin ich denn, dass ich diesem Anspruch genügen könnte. Dafür sind wir Geschöpfe, Kinder Gottes. Wir können ihn nicht verstehen mit unserem menschlichen Verstand. Aber wir können etwas von ihm erfahren durch die Begegnungen mit anderen, durch die Gestaltung von ehrlichen Beziehungen. Sprich nur ein Wort! Das Sprechen miteinander kann uns etwas von Gottes Liebe offenbaren. Muss aber nicht, wenn wir das nicht wollen, geschieht es auch nicht.«

»Wie wahr, wie wahr. Davon kannst du sicherlich ein Lied singen.«

»Ich hatte mich doch nicht bewusst verweigert. Ich wusste überhaupt nicht, wie das geht, eine Beziehung einzugehen und zu pflegen. Ich konnte doch nur Regeln befolgen, nach diesen funktionieren. Ich wusste doch lange gar nicht, dass ich beziehungsunfähig war!«

»Jetzt brennt die Erinnerung in dir, das Reden brennt. Aber erinnere dich, dieses Brennen hat die Kraft der Reinigung, der Heilung.«

»Ich war ein verdammt einsames Kind.«

»Ja, das warst du. Aber du solltest nicht einsam bleiben. Du solltest begreifen lernen, dass du in der Liebe Gottes stehst, immer gestanden hast und stehen wirst. Und wie soll ein Mensch etwas wirklich begreifen, wenn nicht durch Erfahrung. Das Fehlen der Beziehungsfähigkeit konnte es dir doch erst ermöglichen zu erfassen, nicht mehr beziehungslos zu sein. Die ganze Dimension von Beziehung überhaupt konntest du doch nur aufgrund deiner einsamen Kindheit begreifen lernen. Nicht nur mit dem Verstand, nein, mit

deinem ganzen Herzen, deiner ganzen Seele. Deine Seele, dein gött-
licher Anteil, lernte sich verzehren nach diesem, so sprich nur ein
Wort, so wird meine Seele gesund.«

»Ja, und ich dachte sehr lange Zeit, dieses Wort müsste von Euler
kommen. Darauf hatte ich sehr lange völlig umsonst gewartet.«

»Damit sprichst du ein sehr schwieriges Thema an ...«

»Ja, da gibt es noch einiges an schwierigen Themen, zum Beispiel
auch das Sterben meiner Mutter – was habt ich euch denn dabei gedacht?«

»Ja, es wird jetzt wirklich etwas viel. Schenken wir uns eine Pause.
Du weißt, für uns spielt Zeit keine wirkliche Rolle. Deshalb, ruhe
dich aus. Wir setzen das Gespräch zu einem anderen Zeitpunkt fort.
Fühle dich gesegnet.«

Das Sterben der Mutter

So endete mein erstes Gespräch mit dem Engel. Es folgten tatsächlich noch weitere, in denen mir klar wurde, dass hinter jedem Geschehen ein Großes Ganzes steht. Wir verstehen nicht alles, müssen wir auch nicht, aber wir können darauf vertrauen, dass SEIN Wille geschehe im Himmel so auf Erden.

So stand die gesamte Familie meiner Mutter fassungslos da, als wir von der Polizei nach ihrem Tod erfuhren, dass bei ihr ein Tötungsdelikt vorgelegen habe. Also, kein alters- oder krankheitsbedingter Tod, sondern ein von jemand anderen veranlasster Tod, sei es mit oder ohne Absicht geschehen. Ein großes WARUM stand mitten im Raum, während wir uns hilflos und überfordert gegenseitig anschauten. Warum war meine Mutter kein natürliches Sterben vergönnt gewesen, warum musste ein Dritter von außen eingreifen und ihr Leben so mir nichts dir nichts beenden? Welches Motiv gab es denn dafür? Oder war das Pflegeteam so überfordert gewesen, dass einer von ihnen unbeabsichtigt das Insulin verabreichte, obwohl sie das nie gebraucht hatte. Nach eineinhalb Jahren war die Kriminalpolizei zu keinem Ermittlungsergebnis gekommen, außer, das hat die Obduktion ergeben, dass es ein Tötungsdelikt gewesen sein musste. Meine Mutter hätte zu diesem Zeitpunkt aus medizinischer Sicht nicht sterben müssen, sie hatte kein Insulin gebraucht und ist doch nach einem Insulinschock ins Koma gefallen, um dann in der Folge an einer Lungenentzündung zu sterben. So war der Verlauf. Und wir mussten das emotional verarbeiten. Natürlich sprachen wir fünf Schwestern nicht darüber, wie jede einzelne damit umging. Das war nicht üblich in unserer Familie, aber jede von uns musste einen Weg finden und ich habe den meinen gefunden. Der Engel hat es mir verraten: Ich möge es als Lektion verstehen. Lektion für was, fragte ich. Die Antwort, die ich erhielt war nicht ganz einfach zu begreifen: Solange ich nach Schuld und Verantwortung fragte oder diese gar einforderte, werde ich keinen Seelenfrieden finden. Ich habe nicht zu richten, das obliege alleine dem Höchsten, dem Allmächtigsten. Was ich aber könnte, wäre zu entdecken, was es Gutes mit sich gebracht habe. War es für meine Mutter eine Tortur gewesen, auf diesem Weg, wie er nun mal gewesen ist das irdische Leben zu verlassen? Nein, wenn ich ehrlich bin, war es sicherlich auch gut, dass meine Mutter erlöst wurde. Erlöst von ihren körperlichen Leiden, den Schmerzen, die sie nach wie vor hatte, immer wieder eine neue Diagnose, zuletzt war noch der Brustkrebs dazugekommen. Aus irgendeinem Grunde hatte meine Mutter am Leben festgehalten. War es die Angst vor dem Sterben oder vor dem Tod. Sie gehörte noch der Generation an, der beigebracht wurde, dass Gott auch ein strafender Gott sei und dass es die Hölle, die ewige Verdammnis gäbe. Hielt diese Angst sie verzweifelt am Leben fest? Brauchte sie von außen eine Unterstützung, einen Dritten, um sich endlich Gottes Hand zu überlassen, das Leben zu lassen. Sie hatte einen langen Leidensweg hinter sich gebracht. Gerade mal drei Jahre nach dem Tod ihres Mannes, unseres Vaters, hatte eine zweijährige Krankengeschichte begonnen, die man keinem wünscht: Die Beckenfraktur, die zu lange nicht entdeckt wurde, die orthopädische Operation, die die Lage der Blase verschoben hatte, so dass später bei einer Blasenpunktion nicht die Blase, sondern der Darm punktiert wurde. Die daraufhin einsetzende Bauchhöhlenvergiftung überlebte meine Mutter nur knapp. Nach einem zehntägigen künstlichen Koma kämpfte sie sich zurück ins Leben, das sie aber nicht mehr in ihrem eigenen Haus fortsetzen konnte, sondern schweren Herzens einem Umzug vom Krankenhaus direkt in ein Seniorenpflegeheim zustimmen musste. Meine Mutter war so tapfer, aber als dann noch der Brustkrebs dazu kam, spürte ich nicht nur bei mir eine Belastungsgrenze erreicht. Auch für meine Mutter war es schwer, ihrer Verzweiflung nicht freien Lauf zu lassen. Sie akzeptierte aber langsam auch diese bittere Diagnose und wir versuchten ihr den Aufenthalt im Pflegeheim so angenehm wie möglich zu gestalten. So lebte sie nur ein knappes Jahr dort, dann wurde sie von der Vorsehung erlöst. Eine Erlösung war es für uns Schwestern alle. Und der bittere Beigeschmack, der durch die polizeilichen Ermittlungen dazu gekommen war, konnte ich nur überwinden, indem ich mir begreiflich machte: Lass die Bewertung, verurteile nicht, sieh die Erlösung deiner Mutter als das Entscheidende an. So, auf diesem Wege, wie es geschehen ist, hat sie ihren Frieden gefunden. Sie wusste, dass sie sterben würde und sie war auch einverstanden damit. Das letzte, was sie mir sagte, bevor sie ins Koma gefallen war, lautete: »Ha, weisch, i mus noch wadde, vor de Himmelspfort ischs grad no arg voll«. Es sollte vierzehn Tage dauern, bis sie Aufnahme fand an der Himmelspforte. Aber der Zeitfaktor spielt im Himmel keine Rolle mehr.

Letzte Antworten

Nächtens will ich mit dem Engel reden, ob ...
Kommt noch einmal der Engel, der mir die letzten Fragen beantwortet?
»Das was du jetzt noch zu fragen hast, ist dir keine Frage mehr?«
»So was kann auch nur ein Engel sagen. Was ist denn keine Frage mehr?«
»Warum hat Euler dich nicht befreit? Warum hat er deine Seele nicht gesund gemacht?«
»Und das ist immer noch die Frage, da ich die Antwort nicht kenne. Aber ihr wisst die Antwort.«
»Du weißt sie auch. Hast sie doch schon beschrieben. –»
»Jetzt hör aber auf, das hört sich jetzt fast wie Eulers Originalton an. Wir sagen was und sagen doch nichts. Ich ertrage das nicht.«
»Ja, aber das ist das Leben. Alles ist schon da, du musst es entdecken. Genauso wie das, was du suchst, schon längst in dir ist.
Wir haben es dir doch geradezu vor die Nase gelegt.«
»Das Buch, ich weiß, das Buch von Edelgard Friedrich. Das war die Antwort?«
»Ja also, noch konkreter konnten wir dir gegenüber nicht werden. Wenn wir direkt im Traum zu dir gesprochen hätten, hättest du den Traum gleich als Schaum abgetan. Wenn wir dir eine Durchsage gegeben hätten, hättest du dich doch gleich wieder selbst in die Psychiatrie einweisen lassen. Es ging nur über ein Buch. Ein Medium, das in deiner Geisteswelt anerkannt ist, das eine Realität beschreibt, wenn es sogar von einem Verlag verlegt wird. Wir hatten keine andere Möglichkeit!«
»Ja, und ich habe es gelesen.«
»Um dann die richtigen Schlüsse daraus zu ziehen.«
»Das war eine Zumutung! Seelenwanderung! Ich bitte euch!«
»Ja, was? Du hast es doch geschafft. Du hast diesen Fakt in deinen christlichen Horizont einpacken können.«

»Ja, mein kleiner, engstirniger Horizont! Wie groß war der denn? Aufgewachsen in einer katholischen Familie, in der das einzig Katholische sonntags in die Kirche getragen wurde. Lebensfreude wurde nicht gezeigt. Mir wurde das Leben von meiner Mutter als Jammertal erklärt, das seine Erlösung im Tod finden würde. Ja, da war was dran: Im Angesicht der Ewigkeit, wird alles ziemlich relativ. Das waren tolle Aussichten für mich als Heranwachsende. Aber ich möchte meiner Mutter gegenüber nicht ungerecht sein. Ihr Leben, das nach dem Krieg so hoffnungsvoll begann, verlor sich in Enttäuschungen, permanenten Sorgen und Schmerzen.

In der Psychologie und Soziologie ist bekannt, dass jedes Kind einer Familie eine andere Mutter hat. Für meine Familie trifft das sicherlich zu, nur dass ich in unserem Falle wegen der Vielzahl der Töchter eine Gruppeneinteilung vorweg nehmen würde. Die beiden ältesten Töchter hatten eine andere Mutter als die drei jüngsten. Drei Jahre nach meiner Geburt, die schon eine hohe Belastung für meine Mutter gewesen sein musste, erlebte meine Mutter und alle ihrer Töchter eine Katastrophe: Mein Vater fiel aufgrund eines Nierenversagens mit anschließender Gehirnembolie als Vater komplett aus, war aber als sprachlos gewordener Mensch in unsere Familie zurückgekommen. Meine Mutter kämpfte sich seither durch jeden ihrer Tage. Es gab ein Pflichtprogramm, das sie ableisten musste, aber es gab nie eine Kür. Meine beiden ältesten Schwestern hatten meine Eltern noch als liebevolle, ihnen zugewandte Eltern erlebt, sofern mein Vater Zeit hatte. Für meine Mutter muss es die glücklichste Zeit gewesen sein. Sie lebte fernab von ihrer Familie aus dem Schwarzwald in der aufstrebenden Hauptstadt Bonn als Gattin eines hohen Beamten mit sehr guten Bezügen und wurde Mutter zweier hübscher, temperamentvoller Mädchen. Der Weg aus dem hinterwäldlerischen Schwarzwald zu den Höhen des bundesdeutschen Beamtenadel hatte sich für sie aufgetan. Gerne schaute ich als Kind und Heranwachsende die Schwarz-Weiß-Fotos meiner Mutter mit ihren beiden Töchtern an. Sie war eine beeindruckende Erscheinung. Keine zarte Frau, aber sie hatte eine wohlgeformte Figur, die sie in den stark taillierten Kleidern mit ausgestelltem Rock gut zur Geltung brachte. Ihre prachtvollen schwarzen Haare waren in eleganten Wellen um ihren Kopf onduliert und aus einen schmalen ovalen Gesicht lächelten zwei große schwarze Augen. Meine Mutter war eine stolze Frau. Sie war eine schöne Frau, die auf dem Foto im hochsommerlichen Bonner Stadtpark vor einer überschäumenden Wasserfontäne in die Kamera blickte. Für mich aber war sie eine Frau aus einer längst vergangenen Zeit. Denn so hatte ich meine Mutter nie gesehen. Ich kannte die Frau, die sich ab- und durchkämpfte. Die tiefe Ringe unter den Augen hatte und zwanzig Kilo zu viel mit sich herum trug. Die ondulierten Wellen waren einer spröden Dauerwelle gewichen. Die lächelnden Augen waren verschwunden und ich kannte nur ihren kritischen, strengen, häufig stechenden Blick, der mir klar zu verstehen gab: Du sollst nicht stören! Diese Botschaft teile ich nicht mit meinen anderen Schwestern. Wohl die Wahrnehmung, dass meine Mutter überlastet, emotional nicht ansprechbar war und auch, dass sie keinen Spaß mehr am Leben hatte. Jede von uns kämpfte sich durch ihr kleines Leben. Aber so war es halt das Leben, ein Jammertal, im tiefsten katholischen Sinne. Es gibt Kirchenlieder, die die Rettung aus eben diesem Jammertal besingen und die ich kindlich inbrünstig mit schmetterte.

Wir sind nur Gast auf Erden und wandern ohne Ruh,
mit mancherlei Beschwerden der ewigen Heimat zu.

Nur einer gibt Geleite, das ist der Herre Christ,
wenn keiner steht zur Seite, er immer bei uns ist.

So spielte meiner Mutter auch nach dem Tod meines Vaters das Leben weiterhin leidvoll mit. Mein Vater starb als meine Mutter 75 Jahre alt war. Ich weiß nicht, ob meine Mutter vorbereitet war. Aber die Phase der Fassungslosigkeit und der Trauer blieb überschaubar und nach einer angemessenen Zeit erwachten bei ihr wieder die Lebensgeister und eine schon immer da gewesene, aber ungelebte Reiselust brach sich Bahn. Es hätte die Zeit der Kür ihres Lebens werden können, wir freuten uns alle für sie und mit ihr zusammen nahmen wir den Sturz auf der Bahnhofsrolltreppe nicht so ernst. Sie war mal wieder mit der Bahn unterwegs, diesmal zu ihrer ältesten Tochter nach Bremen. Bei der Ankunft im Bahnhof stolperte sie, als sie von den rollenden Stufen auf den festen Grund treten wollte. Sie stürzte auf die Seite, aber alles nicht so schlimm. Sie rappelte sich wieder auf und gönnte sich statt eines Busses das Taxi zur Wohnung meiner Schwester. Dort spürte sie dann, dass ihr die Seite, auf die sie gefallen war, sehr weh tat und die vielen blauen Flecke veranlassten meine Schwester, sie in die nächste Klinik zu bringen, um abzuklären, ob sie innere Verletzungen erlitten hätte. Es konnte nichts festgestellt werden. Mit Schmerzmitteln ausgestattet wurde sie wieder entlassen. Dies sollte ihr letzter Ausflug gewesen sein. Wieder zu Hause angekommen begann für die mittlerweile 78-jährige eine zweijährige Leidenszeit, die in ihrer Ermordung endete. Meine Mutter hatte sich bei dem Sturz einen so feinen Riss im Beckenknochen zugezogen, dass man diesen auf dem zuerst angefertigten Röntgenbild in Bremen nicht sehen konnte. Dieser Haarriss vergrößerte sich aufgrund ihrer altersbedingten Osteoporose und verursachte meiner Mutter sehr große Schmerzen. Bis die Ärzte die Ursache ihrer Schmerzen herausgefunden hatten, war der linke Beckenknochen in mehrere Teile zerbrochen. Die Operation war eine große Erleichterung für sie. Die Ärzte hatten nicht schlecht gestaunt, als sie unter der Operation den Befund erkannten. Der Eingriff war kompliziert, aber erfolgreich und dass die inneren Organe dabei etwas hin- und hergeschoben werden mussten, nachvollziehbar. So dachten wir alle, dass das Schlimmste überstanden sei. Weit gefehlt, nach einer kurzen schmerzfreien Phase, setzten die Schmerzen wieder ein. Schmerzen, die meine Mutter fast zum Wahnsinn trieben und als sie auch noch inkontinent wurde, wusste ich auch nicht mehr, wie ich sie trösten konnte, außer, dass ich ihr eine weitere Untersuchung in einer Klinik vorschlug. Von diesem Klinikaufenthalt erholte sie sich nicht mehr und konnte nicht mehr in ihr Haus zurückkehren. Die Ärzte dort wollten ihre Blase punktieren, trafen diese aber nicht in der erwarteten Position vor und stachen in den Darm. Was dann folgte, war eine ausgewachsene Bauchhöhlenvergiftung, weil Verdauungssäfte aus dem Darm in die Bauchhöhle traten. Diese Vergiftung überlebte meine Mutter wider Erwarten und ließ sich dann geschwächt und gebrochen von mir in einem Pflegeheim in der Nähe unseres Hauses in Köln unterbringen. Dort päppelte ich sie wieder auf. Im Rollstuhl oder am Rollator unternahmen wir kleinere Spaziergänge, aber blieben uns fremd. Meine Mutter entschuldigte sich jedes Mal, wenn ich kam, dafür, dass sie mir die Zeit wegnahm. Meine Vorschläge, wie sie sich in ihrem Einzelzimmer einrichten könnte, wurden immer mit meiner ältesten Schwester zusätzlich telefonisch abgesprochen. Meine Mutter verließ sich ausschließlich auf deren Urteil. Wenn meine älteste Schwester näher gewohnt hätte, hätte sich meine Mutter sicherlich lieber von ihr betreuen lassen. Dieses Gefühl überkam mich bei jedem Besuch. Als bei meiner Mutter dann auch noch Brustkrebs festgestellt wurde, spürte ich meine Belastungsgrenze immer näher kommen. Hatte die Krankengeschichte meiner Mutter auch mal ein Ende? Meine Söhne forderten mich ein und irgendwo hatte ich auch noch einen Ehemann.

Am Krankenbett auf der Intensivstation als meine Mutter die Bauchhöhlenvergiftung hatte und im Koma lag, wusste ich nicht, was ich ihr wünschen sollte. Das Überleben, von dem keiner sagen konnte, wie meine Mutter danach mental sein würde oder eben die Erlösung. Ich stand jeden Tag an ihrem Krankenbett und wusste nicht, was ich mir, was ich ihr wünschen wollte, was ich für sie von Gott erbitten sollte. So kam mir die Idee, um Gottes Segen zu bitten. Einfach um seinen Segen, er sollte seine Pläne, die er für jeden von uns Menschen haben soll, an ihr verwirklichen. Ich war offen für alles. So sang ich an ihrem Krankenbett sämtliche Segenslieder, die ich in meinem Repertoire hatte rauf und runter. Das beruhigte mich und ihr konnte es nicht schaden. Und wie gesagt, sie überlebte wider der ärztlichen Erwartung und kam sogar entgegen deren Prognose wieder aus dem Bett heraus.

Aber nach ihrer Brustkrebsdiagnose war ich wieder an so einem Punkt, an dem ich nicht mehr wusste, was ich für sie erbitten wollte. Meine Mutter wirkte zutiefst resigniert und wir wussten beide nicht, was noch alles auf sie zukommen sollte. Aber der Kampfmodus von uns beiden war noch nicht abgeschaltet. Wir gingen das gemeinsam durch und meine Mutter erholte sich auch von diesem Eingriff. Hatte sie eben eine Brust weniger. Darauf kam es jetzt auch nicht mehr an. Tapfer trotzte sie sich eine Geburtstagsfeier zu ihrem 80. Geburtstag ab. Alle ihre noch lebenden Geschwister kamen.

Drei Wochen später fand ich sie in ihrem Bett und dachte, jetzt haben wir noch den Schlaganfall. Meine Mutter war nicht ansprechbar und Speichel lief ihr aus einem Mundwinkel. Es war aber kein Schlaganfall, wie sich schnell herausstellte, sondern eine massive Unterzuckerung, von der sie sich nach Eingabe von hoch konzentriertem Traubenzucker zunächst zu erholen schien. Dennoch wurde sie vorsichtshalber ins benachbarte Krankenhaus überwiesen, wo sie als Patientin bekannt war. In der folgenden Nacht fiel sie erneut ins

Koma. Dem behandelnden Chefarzt kam dies sehr seltsam vor, wusste er doch über ihren Krankenzustand genauestens Bescheid und an eine kranke Bauchspeicheldrüse konnte er sich nicht erinnern. Das durch Unterzuckerung ausgelöste Koma konnte er sich medizinisch nicht erklären. Aus diesem Grund leitete er seinen Verdacht, dass meine Mutter vorsätzlich eine Insulineinnahme bekommen haben musste, die zu ihrem Tod führen könnte, an die Heimleitung weiter. Die schien nicht überrascht und informierte sofort die Polizei, obwohl meine Mutter noch lebte. All das erfuhr ich nicht von dem Arzt, sondern von der Ehefrau des Hausarztes meiner Mutter. Ich verstand die Welt nicht mehr. Sollte es tatsächlich so gewesen sein, dass jemand aus dem Pflegeteam meiner Mutter Insulin verabreicht hatte, obwohl sie es nicht brauchte? Ich rief meine Schwestern zusammen, die auch alle kamen. Wir waren alle verwirrt, verunsichert und verbrachten die Zeit bei meiner Mutter getrennt. Wir wechselten uns ab und warteten auf diese Weise gemeinsam auf ihren Tod ohne direkt miteinander darüber sprechen zu müssen. Keine von uns wagte auszusprechen, dass es gut wäre, wenn meine Mutter erlöst werde. Dass sie auf diese Weise von uns gehen sollte, ausgelöst von einem Dritten, konnten wir zunächst nicht begreifen. Das Sterben zog sich vierzehn Tage hin, es verursachte ihr aber keine Schmerzen. Sie musste so viel erdulden und erleiden. Ihr Körper ließ ihr keine Ruhe mehr und versagte immer mehr seinen Dienst. Sollte Siechtum ihr Ende werde? Nein, das wünscht sich niemand für seine Mutter oder für seinen Vater. Aber warum konnte meine Mutter nicht von sich aus sterben, warum konnte sie nicht loslassen, warum blieben ihre Vitalkräfte ungebrochen, warum musste ein Dritter kommen, der ihr diese Vitalkräfte endgültig nahm? Weil es anders nicht vorgesehen war. Es war eine Möglichkeit gewesen, meiner Mutter schmerzfrei den Übergang zu gewähren. Die Worte Jesu am Kreuz:

Herr, verzeih ihnen, denn sie wissen nicht, was sie tun, bekamen für mich eine ungeahnte Aktualität. Herr, verzeih uns, denn wir wissen nicht, was wir tun. Dein Wille geschehe im Himmel wie auf Erden. Wir wissen nicht wirklich, was gut, was schlecht ist. Vielleicht braucht es manchmal dritte, die den Übergang ermöglichen. Herr, verzeih ihnen, denn sie wissen nicht, was sie tun; sie wissen nicht, dass sie nach deinem Ratschluss handeln. Wir kennen deinen Ratschluss nicht, wir wissen nur seit Jesus, dass es um die Liebe geht. Liebe deinen Nächsten, wie dich selbst. Dieses Liebesgebot steht vor allen anderen Geboten, steht vor den Zehn Geboten und gilt auf der ganzen Welt für jeden. Liebe, oder wie die heilige Äbtissin Hildegard von Bingen im Mittelalter schon sagte: Pflege das Leben, wo du es triffst. Das hatte ich jetzt begriffen. Bewertungen, ob etwas gut oder schlecht ist, sind nur relevant, wenn es darum geht zu erkennen, ob es aus wohlmeinender Liebe geschieht, denn Gott ist die Liebe. Und das ist der einzige Maßstab. Gut oder schlecht sind rein menschliche Kriterien. Diese Erkenntnis ist nicht neu in der Welt. Kulturgeschichtlich ist es das meist interpretierte Thema. Es ist die Liebe in ihren vielfältigsten Ausgestaltungen, die die Welt zusammenhält und den Menschen Sinn in seinem Dasein gibt. In meiner kleinen Welt war es zwar eine späte, aber fundamentale Erkenntnis. Liebe hatte ich in meinem bisherigen katholischen Horizont nicht erfahren. Ich hatte mir das immer so gedacht, dass es die doch geben muss, innerhalb einer Familie. In der Kirche, im Kommunionsunterricht hörte ich doch immer davon. Aber wo war sie in meinem kleinen Leben geblieben?

Es gab schon früh in meinem Leben eine Beziehung zu Gott. Als Kind glaubte ich an diese Allmacht – war es doch meine einzige Chance – und wandte mich in meinen Verzweiflungsattacken immer wieder an Jesus oder auch an Maria. Aber ich blieb einsam, fühlte mich als Außenseiterin, versuchte mich anzupassen, um dann doch wieder zu spüren, die anderen verstehen mich nicht. Bevor ich zu Euler kam, verlor ich nicht meine Sprechhemmungen, meine Wutgefühle im Bauch, die ich manchmal mit einem Messer durchstoßen wollte. Aber dazu hatte mir der Mut gefehlt. Die Tabletten meines Vaters, die konnte ich einnehmen und landete im Krankenhaus. Als meine Eltern mich besuchen kamen, traten sie mit erhobenem Zeigefinger ein und sagten nur: »Du machst vielleicht Sachen!« Ich fühlte mich ertappt und wusste nicht warum. Ich fühlte Erleichterung, als sie wieder gingen und dachte mir nur: Aber sie müssen mich doch lieben. Es sind doch meine Eltern.

Bei einer späteren Untersuchung, als sie mir die Hirnströme mit einer sehr seltsamen Kappe auf meinem Kopf messen wollten, forderte mich die Krankenschwester auf, an etwas Schönes zu denken. Mir fiel nichts ein. Ich musste damals ungefähr fünf Jahre alt gewesen sein. Die Untersuchung wurde abgebrochen. Später wurde mir erklärt, dass ich die Tabletten meines Vaters fast alle aufgegessen hatte und deshalb das Bewusstsein verloren hatte. Es wurde so erzählt, als sei das eben ein kindliches Malheur gewesen, das zum Glück gut ausgegangen war. Ich lief in dieser Familie halt so mit. Meine Mutter war es, die mich das fünfte Rad am Wagen nannte. Unfälle oder andere Zwischenfälle wurden nicht mehr beachtet als es unbedingt notwendig war. Das Grundgesetz lautet schließlich: DU SOLLST NICHT STÖREN. Wer dieses Gesetz brach, fiel der Geringachtung anheim. Was konnte da trostreicher sein, als die Zusagen der Botschaft Jesu in den Gebeten zu hören: Du bist geliebt von Gott. Gott hat dich bei deinem Namen gerufen. Mein Problem war nur, ich konnte es nicht fühlen. Ich konnte es mir sagen. Aber genauso sagte ich mir auch, dass meine Eltern mich lieben müssen, sie waren schließlich meine Eltern. Gefühlt hat sich beides gleich an: fremd, kilometerweit weg. Aber es musste doch was Wahres dran sein! Zumal ich in einer katholischen Familie aufwuchs. Auf

diese Zeit bezieht sich das Gedicht, das ich 2002 schrieb, ein halbes
Jahr nach der Geburt meines ersten Sohnes:

Mein Kind

Das Kind in dir
ist nicht fern
es spielt in dir
verblasst – vergessen – rabenschwarz

Verblasst – vergessen – rabenschwarz
krächzt auf
besetzt die kahlen Äste

Als ich nach dem knapp bestandenen Abitur für meine Berufsaus-
bildung von zu Hause auszog, hatte ich jegliche Bindung an die
Kirche und deren Inhalte beiseitegeschoben und kümmerte mich
nicht darum. Ich versuchte mein Leben in den Griff zu bekommen
und scheiterte zunächst grandios, so dass ich in die Therapie des Dr.
Euler kam. Diese Jahre mit Euler waren von Anfang an reich an
seltsamen Ereignissen, denen ich zu den entsprechenden Zeitpunk-
ten keine erhöhende Bedeutung geben wollte, versuchte ich mir in
dieser Zeit alles aus der psychoanalytischen Perspektive zu erklären. Schon zu Beginn, ich hatte vielleicht ein oder zwei Termine bei
Dr. Euler gehabt, wachte ich morgens sehr früh auf, weil ich ganz
deutlich meinen Namen gehört hatte. Laut und eindeutig: S U S A N
N E. Das war's. Ich war sofort hellwach und dachte, da hatte mich
jemand bei meinem Namen gerufen, aber wer? Heute wage ich darauf eine Antwort. Aber dazu später mehr.
Euler und ich hatten eine seltsame, aber sehr intensive Beziehung.
Wir verstanden uns tatsächlich ohne Worte. Ebenso konnte ich im-

mer genau spüren, wann und wo er war. Wir trafen uns oft, ohne verabredet zu sein; ich wusste aber dennoch vorher, dass ich ihn treffen würde. Dies zeigte sich in der Zeit, als ich seine studentische Hilfskraft an der Uni war. Besonders intensiv war ein Moment, in dem ich ihm einfach nur dankte. Ich dankte ihm, dass er mich an der Wiedereröffnungsfeier der Liberalen Jüdischen Gemeinde in München hatte teilnehmen lassen, das heißt, er hatte mich gebeten dort hinzufahren um ihn zu vertreten. Natürlich auf seine Kosten. In diesem Moment bei meinem ersten Treffen mit ihm nach meiner Rückkehr aus München, als ich ihm einfach sagte: »Vielen Dank, dass Sie mich nach München haben reisen lassen.«, schauten wir uns sehr tief und sehr lange in die Augen. Er nickte mir abschließend nach gefühlten vielen langen Minuten zu, drehte sich um und verschwand in seinen Privatgemächern. Ich war nicht irritiert, es war gut so und ich fühlte mich glücklich. Alles war gut. Warum das so war, wusste ich nicht. War mir aber auch in dieser Zeit egal. Ebenso war es einfach klar, dass ich es schaffen würde aus dem Nichts heraus, die Exkursion in die Bukowina zu organisieren. Es war auch einfach. Alle Kontakte, die ich dazu brauchte, flogen mir einfach zu. Wenn ich zum Beispiel dachte, es müsste doch möglich sein, Leute kennenzulernen, die da schon hingereist waren, dann fiel mir nicht lange danach ein Plakat an einer Bushaltestelle auf, das einen Kulturabend einer jüdischen Stiftung zum Thema Jüdische Literatur aus der K.-u.-k.-Monarchie ankündigte. Schon war mir klar, da gehst du hin und erzählst den Leuten, was du vorhast. Und so war es. Auf dieser Veranstaltung bekam ich viele Hinweise und Tipps, wie ich eine solche Exkursion auf die Beine stellen könnte. Und es war alles gut, bis auf die Schwierigkeiten, die ich bereits weiter oben erzählt habe. Ich erwähne aber diese Exkursion an dieser Stelle noch einmal, weil sie wichtig ist für meine eigentliche Geschichte. Denn auf der seelischen Ebene war diese Exkursion eine Heimreise. Ich fühlte mich fast zu Hause dort in Cernowitz in der heutigen Südukraine, wobei ich mich in meinem realen Zuhause nie wohlgefühlt hatte. Aber bei dieser Exkursion hatte ich das ganz starke Gefühl, dass ich nach Hause reiste, nach Hause in eine Welt, in der Menschen und Bücher lebten. Das konnte mir keiner nehmen, auch nicht dieser Hippie-Chauvi, der mich von Euler wegdrängen wollte.

Ich spürte eine starke Affinität zum Judentum, hatte aber keine Ahnung warum, und gesprochen hatte ich mit Euler nie darüber. Es war einfach so und es war völlig in Ordnung für mich, solange ich mit Euler zusammen war.

Nachdem ich mich von ihm getrennt hatte, stürzte ich psychisch ab, fing mich wieder und versuchte auf ein neues, mein Leben in den Griff zu bekommen. Was mir auch gelang, wenn da nicht die Träume gewesen wären! Schöne Träume! Träume mit Euler, in denen wir ein Paar geworden waren. Ein echtes Paar, so wie man es sich normalerweise vorstellt. Mit einer ungeheuren Zärtlichkeit gingen wir in meinen Träumen miteinander um. Wir sprachen auch in den Träumen nicht. Aber ich fühlte seine Sehnsucht nach mir, der er endlich nachgeben durfte, unglaublich intensiv. So intensiv, dass ich mich in den Träumen selbst dafür schämte, je daran gezweifelt zu haben, dass er mich als Susanne begehrte.

Diese Träume machten mich wahnsinnig. Wenn ich überhaupt mal träumte, dann träumte ich dieses Thema. Ich fragte mich und auch Friedrich, was ich denn noch mit diesem Kerl zu tun hätte, dass ich so intensiv von ihm träumte. Friedrich fand keine zufriedenstellende Antwort. Es ging über Jahre so und belastete mich zunehmend. Ich wusste nicht, wie ich andere Träume entstehen lassen könnte, wann sich mein Unterbewusstsein endlich mal beruhigen könnte und diese Träume aufhören würden.

Eine faszinierende Erkenntnis

Hilfe kam. Sie kam auf eine sehr überraschende Weise: Bei einer guten Bekannten saß ich zum Adventskaffee auf dem Sofa, an dem ein mit Bücherstapeln überfüllter kleiner Tisch beigestellt war. Das oberste Buch fiel mir auf. Sein Titel war sperrig. Meine Seelenwanderung zurück ins Leben. Zurück ins Leben, das war es wohl, was mich neugierig machte. War ich doch immer noch auf der Suche nach Ruhe und Zufriedenheit in meinem Leben. Ich wollte nicht unhöflich sein und im gemeinsamen Plaudern nach dem Buch greifen. Aber ich schielte wohl so auffällig nach dem Buch, dass meine Bekannte es griff und mir erklärte, dass ich es unbedingt lesen müsse. Sie sei gespannt, was ich dazu sagen würde. Sie wolle nichts vorweg nehmen, aber es sei eine ganz außerordentliche Lebensgeschichte. Mit diesen Worten drückte sie mir das Buch in die Hand. Und was soll ich sagen, es hat mich umgehauen: Da beschreibt eine Psychoanalytikerin, also ein Mitglied jenes Berufsstandes, der religiöse Erklärungen für psychoanalytische Untersuchungen nutzt, dass sie mit Antworten von der spirituellen Ebene ihr Leben zurückgewonnen habe und das im zarten Alter von 70 Jahren. Ich war so beeindruckt, dass ich mich hinsetzte und ihr folgenden Brief schrieb:

Liebe Frau Friedrich,
Ihr Buch hat mir sehr, sehr gut getan. Schon während des Lesens sind mir so viele Vorfälle eingefallen, die Ihre Ausführungen bestätigen und mir schlüssig werden lassen, dass Euler und ich eine gemeinsame Vergangenheit haben. Allein schon mein von Euler benannter Initialtraum zu Beginn der analytisch-orientierten Therapie: Ich wurde mit zwei anderen Personen in eine Hausruine geführt, um dort von einem Erschießungskommando erschossen zu werden. Nach diesem Albtraum wachte ich auf und spürte drei Kugelein-

schläge in meinem Körper noch körperlich nach. Ich war völlig erschöpft.

Gleichzeitig war ich im ersten Jahr unserer Begegnung in einem für mich unerklärbaren Zustand der Sensibilität hinsichtlich allem Jüdischen in seiner und meiner Umgebung, ohne dass ich sicher sein konnte, dass Euler selber Jude war. Er bestätigte dies erst nach langer Zeit auf mein direktes Nachfragen. Er selbst schickte mich u. a. zu der Wiedereinsetzung der Liberalen Jüdischen Gemeinde in München irgendwann in den neunziger Jahren. Gleich den anderen jüdischen Teilnehmern flossen mir die Tränen bei dieser Veranstaltung und ich wusste nicht warum. Als ich Euler dies erzählte, schwieg er – wie so häufig. Einen Vorfall hatte ich Euler aber nie erzählt, weil ich ihn für völlig abgedreht hielt; jetzt aber nach meiner Lektüre Ihres Buches gibt er mir wieder zu denken: Euler schickte mich noch während der Zeit der Therapiesitzungen auf psychoanalytische Kongresse in Vertretung seiner Person (ich nahm bisher immer an, dass er dies aus steuerlichen Gründen tat). So kam ich denn auch mal auf einen Kongress, auf dem russische Psychiater auftauchten. Zu dieser Zeit hatte ich auf Empfehlung von Euler einiges über Sabina Spielrein gelesen. So sprach ich in einem Small Talk eine russische Psychiaterin, die aus Rostov am Don kam, auf Sabina Spielrein an, weil diese nun auch in Rostov praktizierte und dort mit ihren beiden Töchtern als Jüdinnen im »großen vaterländischen Krieg« getötet worden waren. Die Reaktion der Psychiaterin erachtete ich als bizarr. Sie schaute mich mit großen Augen an und erklärte fast hysterisch, dass ich Sabina Spielrein sei; ob ich das denn nicht wissen würde. Sie können sich vorstellen, dass ich daraufhin schnell das Weite suchte.

Weiterhin erfahre ich aus Ihrem Buch, dass dem Chassidismus der Glaube an die Reinkarnation selbstverständlich sei. Ja, was glauben Sie, zu was mich Euler angestiftet hatte?!

Nachdem ich ihm einen Lehrauftrag an der Kölner Universität Köln vermittelt hatte, bat er mich eine Exkursion nach Cernowitz (Ukraine, vormals K.-u.-k.-Monarchie) zu organisieren. Thema: Auf den Spuren der deutschsprachigen jüdischen Schriftsteller der K.-u.-k.-Monarchie. Wie Josepf Roth (Brody) Paul Celan u. a.

Nichts leichter als das!

Und es fiel mir leicht! Alle Kontakte, die ich dafür brauchte, flogen mir nur so zu.»Aus dem Nichts heraus« habe ich parallel zu der Vorbereitung auf mein 1. Staatsexamen, diese Exkursion alleine konzipiert, organisiert und geleitet. Wir sind in die Bukowina gereist, dort wo Menschen und Bücher leben, wo der Chassidismus zu Hause ist.

Auf einem gottverlassenen jüdischen Friedhof irgendwo in der Bukowina verschwand Euler und ließ den Rest der Reisegruppe im Bus gefühlt stundenlang warten. Dass er mich in diese Aktion nicht einweihte, hat mich zu tiefst enttäuscht. Ich beschloss Euler Euler sein zu lassen und die Exkursion nur noch über mich ergehen zu lassen, um dann die Beziehung zu beenden. Aber der Kerl ließ einfach nicht locker, er wusste, wie er mich in seinen Bann ziehen konnte und so verlängerte sich unsere Beziehung um weitere Jahre.

Es tut mir gut, endlich diese Geschichte jemanden erzählen zu können, der sie nicht als Resultat eines geistesgestörten Therapeuten abtut (Das kann ich doch, oder?!). Ich glaube jetzt, dass Euler schon sehr früh erkannte, was uns beide verband, nur der Blindfisch blieb ich. Aber wie hätte er es mir erklären können, ohne dass ich ihn für völlig verrückt erklärt hätte?

Außerdem hätte ich ohne unsere Trennung nicht Friedrich kennengelernt, mit dem ich jetzt ein schönes erfülltes Leben führe mit zwei sehr spannenden Kindern, die uns zwar einiges abverlangen, uns aber auch überaus viel schenken.

Ich überlege ernsthaft, ob ich Euler eine Kopie dieses Briefes schicke. Dann weiß er, wie ich diese Geschichte in mein Leben einordne und ihm nicht mehr»böse« bin.

Er hatte eine Aufgabe mit mir und meinem vorherigen Leben. Ob er mit sich zufrieden ist, wie es gelaufen ist, weiß ich nicht und brauche es auch nicht zu wissen. Wichtig ist, dass ich Frieden gefunden habe mit dieser Begegnung. Auch wenn es natürlich spannend bleibt zu erfahren, wer welchen Part gelebt hat.

Vielleicht mögen Sie mir auf diesen Brief antworten. Es würde mich sehr freuen.

Mit herzlichen Grüßen

Frau Friedrich antwortete. Sie rief mich an und bestätigte mir meine Überlegungen, dass Euler und ich ein gemeinsames Vorleben gehabt haben müssen. Ich als Sabina Spielrein und er, – wer weiß das schon außer er selbst, denn er hatte es ja erkannt. Natürlich konnte er mit mir als seine Patientin nicht darüber sprechen, ich sei dafür nicht reif gewesen. Aber dafür sei jetzt die Zeit gekommen und ich bräuchte auch nicht mehr mit ihm darüber sprechen. Ich wüsste jetzt, warum er so mit mir umgegangen sei, wie er es getan hatte. Damit sei das Kapitel auch in meinem Leben abgeschlossen und mein Kontakt mit ihr, Frau Friedrich, bräuchte auch nicht weiter gepflegt werden. Sie wünschte mir noch alles Gute für mein weiteres Leben. Das war es!

Es ist mir, als hielte ich den Telefonhörer noch in der Hand und schaute fragend den Hörer an, nachdem Frau Friedrich aufgelegt hatte. Was sollte ich denn jetzt machen? Problem erkannt, Problem verbannt? Ich hätte Seelenanteile von Sabina Spielrein in mir. Haha, daher also meine jüdische Affinität, daher meine tiefe Sehnsucht nach allem ostjüdischen, inklusive der Sehnsucht nach Dr. Euler. Ja, und was bringt mir das jetzt?

Das waren meine Gedanken kurz nach diesem Telefonat. Ich dachte auch, das kannst du niemandem aus deinem Bekanntenkreis erzählen. Das glaubt dir keiner. Konnte ich es denn glauben? Mein Alltag lenkte mich schnell wieder ab. Ich beschloss, mein Gespräch mit Frau Friedrich zu ignorieren und funktionierte wie immer. Nur eines änderte sich: meine Nächte wurden traumlos. Es dauerte natürlich einige Zeit, bis ich es merkte. Aber es blieb seitdem dabei. Kein Traum mehr, überhaupt kein Traum. Das Thema *Euler und ich* hatte sich ausgeträumt, fini, passé, war beendet. Ein Teil meiner Seele, mein Unterbewusstsein war offensichtlich beruhigt worden. Hat das bewusste Erkennen dieser Zusammenhänge auf spiritueller Ebene tatsächlich Wirkung auf mein Unterbewusstsein gehabt? Ich begann über das Spirituelle jenseits der Kirche nachzudenken und suchte dazu Gesprächspartner. Aber wie sollte ich die finden? In meiner direkten Umgebung kannte ich nur Menschen, die jeglicher Esoterik misstrauisch und ablehnend gegenüberstanden. Seelenwanderung!!! Nichts ist ketzerischer als Seelenwanderung in der christlichen Lehre. Christen glauben an die Auferstehung der Seele im Jenseits. Die Seele kehrt heim, von wo sie gekommen ist ohne Reinkarnation, das ist eine Glaubenslehre aus den fernöstlichen Religionen.

Meine bisherige religiöse Prägung war durch und durch katholisch. Wie sollte ich also mit der wirksam gewordenen esoterischen Erklärung zu meiner Beziehungserfahrung mit Dr. Euler umgehen? Wie konnte ich sie für mich einordnen? Widerspricht es der katholischen Lehre oder nicht? Kann ich mich noch christlich nennen, wenn ich von Seelenwanderung aus meiner eigenen Erfahrung berichte? Ich hatte wenig Ehrgeiz, mich auf einer akademischen Ebene mit diesen Fragen auseinanderzusetzen. Ich kannte auch niemanden, den ich mit solchen Fragen konfrontieren konnte. So klagte ich eines Tages einer meiner Schwestern mein Leid, die alle Dramen meines Lebens mehr oder weniger intensiv mitgekommen hatte. Zu meiner Überraschung empfahl sie mir eine Frau, die in der Lage sein könnte, mir die Verbindungslinien zwischen der in der Esoterik längst bekannten Seelenwanderung und der christlichen Botschaft, zu erklären. Diese Frau wollte sich als christliche Schamanin verstanden wissen. Was es nicht alles gibt!

Meine Fragen bedrängten mich so sehr, dass ich einen Gesprächstermin mit dieser Frau absprach. Aus einem Termin wurden mehrere, und was sie mir erklärte, war wirklich bemerkenswert: Es sind die Energien, die alles ermöglichen! Energien, die sich in allen möglichen Gestalten und Verdichtungen hier auf Erden manifestieren und zeigen. Der Mensch ist einer der vielschichtigsten und kompliziertesten Verdichtungen an Energien, die wir Menschen uns vorstellen können. Aber was Menschen sich vorstellen können, reicht nicht an die Vielfalt der Energien heran. Diese Energien werden gesteuert von etwas Allmächtigen, vom Kosmos, von Gott, von der Schöpferenergie. Und diese Schöpferenergie steuert auch die Seelen, die nichts anderes als Energien sind. Um sich als energetische Verdichtung weiterentwickeln zu können bis hin zum Allerhöchsten, zur lichtesten Erscheinungsform müssen die Seelen verschiedene Stufen durchlaufen, in Form von Pflanzen, Tieren aller Entwicklungsstufen und eben auch in der Form des Menschen. Entwicklungsstufen gäbe es aber auch im Jenseits, einer anderen Daseinsform der Energien. So gäbe es auch ein Hin und Her der seelischen Energien im Irdischen und Überirdischen. Und ebenso käme es auch immer wieder vor, dass Seelen aus frühere Zeit noch einmal in diese Welt hineingeboren werden, weil sie noch Defizite aus ihrem vorangegangenen Leben ausgleichen wollten. Denn ein Grundprinzip sei die Erlangung von Harmonie. Aber ebenso käme es vor, dass Menschen mit ausgesprochen hohen und reinen Energieanteilen geboren werden, wie zum Beispiel Maria und Jesus, Buddha oder auch Mohammed. Die auch von vielen anderen Menschen als solche besonderen Menschen erkannt werden. Daraus entwickelten sich in der Folge auf der rein menschlichen Ebene die Religionen. Keine Religion ohne Religionsstifter, außer bei den Naturreligionen. Aber bei diesen Naturreligionen haben die kosmischen Energien noch sehr direkt über Naturereignisse mit den Menschen kommuniziert. Je weiter sich die Menschen biologisch und kulturell entwickelten, desto komplizierter wurden auch die Erklärungsmodelle für die Wirklichkeit einer übergeordneten Instanz, ich nenne sie die erweiterte Wirklichkeit. Die Juden und Christen sprechen vom Paradies, die Muslime sprechen ebenfalls davon, die Buddhisten kennen das Nirwana, viele andere Religionen in Afrika, Südamerika, Japan und Australien kennen den Übergang in die Geisterwelt. Überall auf der Welt ist die Idee einer übergeordneten Welt, die nach dem Tod hier auf Erden erreicht werden kann präsent. Und wer ganz fantasievoll ist, erkennt sogar in dem katholischen Glaubensbekenntnis das Modell der Seelenwanderung. Jesus selbst hat es uns glauben gemacht.

»Na endlich, jetzt kommst du dem, was die Welt zusammenhält, auf den Grund. Seelenanteile Verstorbener im Hier und Jetzt und das christliche Glaubensbekenntnis widersprechen sich nicht.«

»Ja, diese Erkenntnis traf mich in einer Religionsstunde mit Zehntklässlern. Wir diskutierten das Glaubensbekenntnis. Vorher hatten wir uns bereits durch fernöstliche Religionen durchgearbeitet und wollten nun die Unterschiede zum Christentum besprechen.«

»Da überkam es dich!«

»Das war aber auch abgedreht. Ich staunte nicht schlecht über meine Worte und die Schüler hörten mir mucksmäuschenstill zu. Also, wie war das noch gleich: Jesus erlebte das »normale« Prozedere eines Aufständischen, der abgeurteilt wird: gekreuzigt, gestorben und begraben. So weit, so gut und nachvollziehbar menschlich. Aber dann, kommt jetzt die Hölle zur Sprache? Nein! Hinabgestiegen in das Reich des Todes, können wir als Loslösung der Seele vom Körper verstehen, als eine Phase der Neuorientierung der energetischen Seele. Die Seele ist nicht stofflich oder materiell. Deshalb entzieht sie sich jeglichen physikalischen Gesetzen. Am dritten Tag auferstanden von den Toten, kann daher auch so verstanden werden: Nach einer Zeitspanne, sofern es diese im Jenseits gibt, findet eine Neuanordnung der seelischen Energie statt. Für Jesus gilt dann, was sich alle Menschen wünschen, aufgefahren in den Himmel. Die seelische Energie hat einen höheren Status erreicht und muss keine weitere Schleife auf der Erde drehen. Die Seele bleibt als kosmische Energie auf einer höheren Ebene, im Jenseits, im ewigen Leben. Aber es gibt noch weitere Stufen. Jesus sitzt zur Rechten Gottes, des allmächtigen Vaters. Ja, das ist nur wenigen Seelen vergönnt: das Erreichen der allerhöchsten Energieklasse in die vollendete Harmonie existiert, das Paradies. Von dieser Ebene herab kann die jeweilige Seele auf alles zugreifen, sie kann Einfluss nehmen und steuern. Aber sie kann nur die oder den Menschen steuern, der sich steuern lassen will. Der uneingeschränkt »Ja« sagt zu dieser Form der Einflussnahme. Das ist das Amen der Christen: So sei es, im Himmel wie auf Erden. Die Schüler waren ganz schön baff, nach meinem spontanen Vortrag.«

»Ja, da hast du mal eben deine ganze Theologie, für die du fünfzig Jahre gebraucht hast, in wenigen Minuten den Jugendlichen plausibel gemacht. Und wie ging es dir anschließend damit?«

»Ich brauchte natürlich mal wieder gefühlt ewig lange, um zu begreifen, was mir da gelungen war: die nachvollziehbare Verbindung zwischen auf die Erde zurückgekommenen Seelenanteilen und meinem Glaubensbekenntnis. Es fügte sich alles zusammen. So blieb das Erklärungsmodell zu dem, was Euler mit mir veranstaltet hatte, nicht mehr völlig abgedreht, sondern möglich. Dass sich Energien bereits in mein Leben eingemischt hatten, hatte ich schon vor Euler registriert.«

»Das sagen wir doch die ganze Zeit, wir waren immer um dich herum. Du hättest Euler nicht gebraucht, wenn du damals 1984 schon für uns bereit gewesen wärest. Aber wie du richtig sagtest: des Menschen Wille ist sein Himmelreich.«

»Ihr meint diese seltsame Autofahrt von Münster nach Bonn?«

»Ja, allerdings. Aber du warst noch jung und wolltest deine vermeintliche irdische Freiheit nach den langen Jahren in deinem schwierigen Elternhaus genießen.«

»Freut mich, dass ihr dafür Verständnis hattet. Aber es war wenigstens so eindrücklich, dass ich es nicht vergessen habe. Dieser Druck, mit dem ihr mich zum Halten gezwungen habt, obwohl ich jung, gesund und munter war. Ohne diesen Druck auf der Brust und die dann noch einsetzende Atemnot wäre ich ungebremst in den vor mir, hinter einer abschüssigen Kurve entstandenen Massenunfall hinein gerauscht. Dieser auf diese Weise erzwungene Stopp auf der Raststätte hatte mich vor diesem Unfall bewahrt und die Radiomeldung über den Unfall ließ mich Schaudern. Woher sind die körperlichen Beschwerden plötzlich gekommen? Welche deutlich spürbare Energie hat auf mich gewirkt? Diese Fragen beschäftigten mich schon noch lange Zeit.«

»Aber ohne dass du ernsthaft nach Antworten gesucht hattest. Damit du endlich auf die Suche gehen würdest, mussten wir wirklich starkes Geschütz auffahren.«

»Ist ja gut, ich habe es verstanden. Ich habe es meiner eigenen Sturheit zu verdanken, dass ich das alles so erleben musste, wie ich es erlebt habe.«

»Wie heißt es so schön, ohne Fleiß keinen Preis. Je widerspenstiger sich eine Seele zeigt, desto schwieriger ist es für sie die Gnade des Segens zu erfahren. Jesus hatte auch diese Botschaft für euch: Selig die Armen im Geiste, denn ihnen gehört das Himmelreich. Sie verfügen nicht über das fragwürdige Instrument des scharfen Verstan-

des, der euch Menschen so wichtig ist. Der Verstand ist nicht das Wichtigste. Er ist ein wichtiges Instrument für den Segen, für die Gabe, den Segen wirksam werden zu lassen unter euch Menschen. Er ist das Instrument für die Intuition. Und das hast du endlich wirklich begriffen. Der Segen ist in deinem Bewusstsein angekommen. Und was hast du jetzt davon?«

»Ein immer deutlicher werdendes Gefühl der inneren Freiheit. Ein Freisein von Ängsten, die mich vorher gefangen hielten. Angst davor zu haben, nicht geliebt zu sein, nicht gesehen zu werden, mir selber nicht trauen zu dürfen. Die Angst vor meinen eigenen Gefühlen ist nicht mehr spürbar, weil auch diese überbordenden Wutgefühle verschwunden sind. Ich bin ausgesöhnt mit mir selbst. Mir kommt es vor, als sei ein fehlender Link implantiert worden. Es fügt sich jetzt alles zusammen. Mein bisheriges Leben mit dem, was jetzt ist. Ich hadere nicht mehr. In mir ist Ruhe eingekehrt. Sogar mein innerer Drang mich selbst zu zerstören, plagt mich nicht mehr. Ich bin bereit für Neues und fühle eine tiefe Verbundenheit mit mir selbst und den mich umgebenden Menschen, wer auch immer das im jeweiligen Augenblick ist. Diese negativen Gedanken, die sich so gerne eingeschaltet hatten, sobald ich auf einen anderen Menschen traf, sind verschwunden. Ich muss mich jetzt richtig anstrengen, um über jemanden schlecht zu denken oder zu sprechen. Das heißt aber nicht, dass ich jetzt mit einer rosafarbenen Brille durch die Gegend laufe. Ich bin ruhiger, gelassener und dankbarer geworden. Alles in meinem Leben ist so gut, wie es gut sein kann. Ich bin nicht mehr auf der Suche nach irgendetwas. Der Frieden ist in mir angekommen und macht sich langsam breit. Und was will ich denn mehr erreichen? In Frieden auf sein bisheriges Leben zurückblicken zu können, angstfrei in die Zukunft gehen, das wünsche ich auch meinen Kindern. Dabei liegt nicht alles nur in Gottes Hand, sondern auch in unserer eigenen Entscheidung.«

»Na, na na, so einfach lässt sich das aber auch nicht aufteilen.«
»Stimmt, jetzt wo ihr es sagt. Erst Kurzem habt ihr mich in den Dienst der Schutzengel gestellt, völlig unvorbereitet: An diesem einen Vormittag vor einigen Wochen auf meinem Weg in den Wald zum Hundespaziergang, sah ich diese Notlage einer Reiterin, die versuchte ihr Pferd in den Hänger zu verladen. Sofort registrierte ich die Unruhe und den Unwillen des Pferdes. Wenn das mal gut geht, dachte ich mir. Ich parkte meinen Wagen etwas weiter weg, stieg mit meinem Hund aus und ging, neugierig geworden zu erfahren, ob die Verladung gelungen war, in Richtung Pferdeanhänger. Die Situation stand jedoch kurz vor der Eskalation. Das Pferd war von der Reiterin nicht in den Griff zu bekommen. Es tänzelte, bockte leicht und deutete auch an steigen zu wollen. Unter diesem Stress verlor die Frau für einen kurzen Moment die Kontrolle und ließ den Führstrick los. Das Pferd lief befreit auf die Straße, auf der zum Glück ausnahmsweise kein Auto fuhr. Ich konnte mir vorstellen, was in der Frau vorging. Den Verladestress von Pferden kannte ich nur zu gut. Da ich aber rechts dieses sehr lockere Schultergelenk habe, hatte ich mich immer vor dieser Aufgabe gedrückt. Selbst als ich ein eigenes Pferd hatte: verladen hatte ich nie, eben weil ich Angst hatte, dass ich mir das Schultergelenk auskugeln würde, wenn das Tier plötzlich scheute. Aber trotzdem bewegte ich mich auf den Pferdeanhänger zu. Ich fühlte mich wie in einem hellen, gleißenden Licht. Alles war überhell. Es zog mich förmlich dorthin. Umdrehen, die Situation ignorieren, war überhaupt keine Option. Was vom Abstand zwischen mir und der Reiterin aber durchaus noch gegangen wäre. Als ich die Straße überquerte, trottete das Pferd gerade zu der Reiterin zurück. »Meinen Sie, ich kann Ihnen helfen? Ich hatte auch mal ein Pferd.«, so bot ich der Frau meine Hilfe an. »Sie schickt der Himmel!«, rief diese erleichtert, »aber nur, wenn Sie wirklich wollen und sich das trauen. Sie können mir nämlich nur dadurch helfen, dass Sie Figaro

hineinführen und ich hinter ihm bleibe. Anders kennt er das Verladen nicht.« Oje, genau die Hilfestellung, die ich immer vermeiden wollte. Dachte ich doch, ich hätte ihr helfen können, wenn ich hinter dem Pferd bliebe. Aber nein, es gab kein zurück mehr. Ich hörte mich sprechen: »Das kriegen wir schon hin. Wenn er das so kennt, dann macht er es auch.« Mit diesen Worten griff ich nach den Zügeln, führte Figaro einmal im Kreis und aus dem Kreis, schwuppdiewupp, in den Anhänger. So schnell konnte es gehen, wenn ein Tier weiß, was geschieht. Die Frau bedankte sich überschwänglich. Das konnte ich gut verstehen. Es hätte sonst was passieren können. Die Straße ist normalerweise immer sehr stark befahren und die Kollision zwischen einem Pferd und einem Auto wünscht sich niemand. Also bestätigte ich ihr die Angemessenheit ihres Dankes und verabschiedete mich. Das Tageslicht hatte wieder eine normale Intensität. Das Ganze kam mir vor wie eine Filmszene, an der ich unfreiwillig mitgemacht hatte. Ich kam mir wie fremdgesteuert vor, als ich noch in der Hilfsaktion war. Nach der Verabschiedung war wieder alles normal. So ist das also, wenn ihr jemanden in den Dienst des Allerhöchsten stellt. Eigener Wille – ausgeschaltet.«

»Ja, anders geht es in solchen Situationen nicht. Wenn wir dich noch deinen eigenen Ängsten hätten stellen lassen wollen, da wäre an diesem Tag ein Tier mehr beim Abdecker gelandet und weitere Menschen verletzt, für die wir das nicht auf dem Programm stehen hatten. Aber keine Sorge, wir können das nur mit Menschen machen, die sich ganz bewusst und in aller Konsequenz uns zugewandt haben.«

»Ja, und genau dadurch ist mein Leben jetzt viel spannender geworden. Weil ich mich darauf verlassen kann, dass der Heilige Geist sich immer wieder in mein Tun einmischen wird, zu meinem oder zu anderem Leute Wohle.«

»Dann hat also bereits ein weiterer, der vierte Lebensabschnitt be-
gonnen. Der Lebensabschnitt in Freiheit. Herzlich Willkommen.
Aber lass es langsam angehen. Überfordere dich und uns nicht. Eu-
er Leben ist ein breiter, langsamer Fluss, der mit viel Geduld und
Beharrlichkeit ans Ziel, das offene Meer, kommt. Und wenn du mal
ungeduldig werden solltest, kennst du ein wirksames Mittel zur Ru-
he zu kommen.«

»Oh ja, das Gebet der Hl. Gertrud von Helfta aus dem 13. Jahrhundert! Es spricht mir so aus der Seele. Wenn ich diesen Text bete und
mein Anliegen der Hl. Gertrud anvertraue, dass sie Fürsprache für
mich halte, dann weiß ich mich auf der sicheren Seite. Gertrud
kümmert sich um mich, so wie sie es sich von Jesus direkt einfor-
dert:

Dass der Herr dir einen Engel als Führer gebe auf deinem Weg.
Jesus, Friedensfürst, du Engelbote des großen Ratschlusses: du
selbst sollst immer mir zu meiner Rechten Führer und Beschützer
sein auf meinem Pilgerweg durch fremdes Land: auf dass mich
nichts ins Wanken bringe und dass ich nicht auf Irrwegen mich ent-
ferne von dir. Und sende gnädig deinen heiligen Engel herab vom
Himmel: unter deiner gütigen treuen Sorge sei er eifrig bemüht um
mich; in deinem Wohlgefallen geleite er mich; und wenn ich auf
deinem Weg zur Vollkommenheit gelangt bin, <u>führe er mich zu dir</u>
<u>selbst zurück: mich.</u> Amen, so geschehe es.«

Mir gefällt der imperative Charakter dieses Gebetes.

»Du weißt, dass uns das nicht wirklich überrascht!«

***

Zeitfracht Medien GmbH
Ferdinand-Jühlke-Straße 7
99095 Erfurt, Deutschland
produktsicherheit@kolibri360.de